文 學 叢 書 071　好久不見——家庭三部曲

紀蔚然◎著

目次

《好久不見》之絮叨

　　我家族每年必擇日相約掃墓，各房自備甜食水果以祭拜祖先，俟逝者象徵性享用過後，活人分而食之，吃得下的現場清光，吃不下的打包to go。在那種場合，最常聽到的一句話就是「好久不見」，好像一夥人都在墳場爲潘越雲打歌似的：「好久不見／好久不見／這情感看似淡遠／卻包含柔情無限／默默關懷／切切思念／讓一聲好久不見／代替我萬語千言」。每人一生中會說過無數次的「好久不見」，到底有哪一次蘊藏著「萬語千言」？

　　小時曾問媽媽：「人死了照理說應該只剩下靈魂，他們還會餓嗎？」媽媽按往例先罵一聲「三八哩囉格，」（有一陣子我以爲那是我的乳名）然後咬一口麻糬，以黏糊糊的聲音說：「祖先當然是不餓，我們買物件只是表示咱後輩的敬意。」我再問：「那爲什麼每次買的都是你愛吃的甜點？」她聽了差點噎著，本想罵我「死囝仔賊」（後來我才知道那才是我眞正的乳名），但顧及身處祖先的地盤，不可出言不遜，只好按捺說道：「氣死有影！不跟你講了。」說完順手再摸一塊紅豆麻糬。

　　從小媽媽就拿我沒轍。一家八口，六個小孩，我雖排行老五，下有小妹，但因爲么兒，且個性和媽媽一樣「喜形於色，不爽寫在臉上掛在嘴裡」，因此備受寵溺。然而，我也拿媽媽沒轍。

小時候要求媽媽買蛋糕替我慶生，她不但不予理會，反而說：「你生日那天剛好是我最痛的時候，我沒打你屁股就算不錯了，還買蛋糕給你！」就這麼一句話讓她混了十多年，省下不少蛋糕錢。等我長大十歲後，終於想出該怎麼回她：「少來了，媽，你生我的時候已經是第五胎了，怎麼會很痛？不是噗的一聲就下蛋了嗎？」眼看無法用老套唬弄，媽媽想到新的台詞：「其實你的生日不是一月六號，身分證上是這樣寫的，但以古曆來計的話，你其實是十二月二號出生的，可惜已經過了，哈哈。」少不經事的我哪會沒事為了生日翻看農曆？因此每年總是日子過了才突然想起，又這麼被她混了十幾年。等我成家立業後，她又改口了：「替你做生日現在是你太太的代誌，跟我什麼關係？」如此這般，給她混了一輩子。

《黑夜白賊》──家庭三部曲之首部，也是我自認寫過最好的作品之一──就是模擬我和媽媽互動的基調編寫而成的。劇中以「媽媽」心愛的首飾失竊為導火線，從而即時推理與往事回顧交互行進，有如剝洋蔥似地一層一層揭開家庭的內幕，直到最後的內在崩解。演出第三天，家人帶著媽媽來看戲，搞得我比從前聯考時還要緊張。一反前幾天的專心看戲，媽媽蒞臨的那一場我一逕擔心她的評語與觀感。果不期然，落幕之後，她對我說：「編得不錯，不過你把我寫得太三八了。」我趕緊說明：「媽，我不是在寫你，裡面那個『媽媽』是我亂編的啦。」

到了第二部──《也無風也無雨》──我就不敢請媽媽來看了，因為全劇釋放著脫離家庭、切斷血緣的衝動。這齣戲是我寫過最酸不溜丟、最感傷的劇作，由於摻雜了大量的陰暗自我，因此欠缺厚道，失之任性。雖然如此，我仍以它為榮：它忠實記錄

了我生命中一段黯暗的時光，也似乎激起了某些觀眾壓抑的意識。記得在國父紀念館演出的某晚，一位帶著小孩的少婦於散戲後對我說：「請問你是編劇嗎？我要謝謝你寫了這齣戲。」我體會到整齣戲從編寫到演出，對我及一些觀眾而言，是個驅魔的儀式。我真正想擺脫的不是家庭、不是血緣，而是那啃噬心靈的離散情緒。

之後，我的劇本變調了，多了詼諧，少了發洩。

然而，作為三部曲之完結篇，《好久不見》之所以遲未動筆，主要是因為找不到適當的形式。容我將場景拉回到掃墓。很多親戚我真的一年只見一次，比較年長的面孔當然熟悉，但複雜的稱謂總搞得我像在玩腦筋急轉彎；與我同輩的依稀記得，名字卻不一定叫得正確，而晚我一輩的就倍覺陌生了。有一次我開玩笑說：「以後在路上遇到說不定還認不出來呢。」我老哥插嘴道，這種事真的會發生。有一回他和幾個朋友共餐，其間來了一個有點江湖味的羅漢腳。此人嗜酒，見人就敬，一乾就是見底，偏偏我老哥不好此道，對方因此大為不爽。他愈是不准我老哥在杯底養金魚，我老哥愈是一副要搞個水族箱的架式。就在雙方推託拉扯即將變臉之際，有人居中調停，相互引介一番，結果赫然發現，兩人居然是遠親，且論輩分他還得喊我老哥一聲「阿叔」。驗明正身之後，那人畢恭畢敬，不敢造次，換我老哥對他吆喝：「你是沒喝過酒嗎，見人就想乾杯？」

未等老哥說完，《好久不見》的點點滴滴隱然在我腦中醞釀成形。

前兩部既寫實又感傷，於語言運用上幽默有之，唯創意不足；兩者均以完整家庭之表象始，以家庭結構之潰散終。第三部

則反其道而行，始於實質的碎片終於表象的整合。於情節鋪陳上以「快照拼貼」構成，主線忽顯忽隱，幾近結尾才讓觀眾恍然大悟。對白實驗上，我試圖讓各種口語交雜並複製廣告旁白外，還塞入大量「垃圾台詞」，以「言不及義」取代「言之有物」。於基調處理上，我選擇以戲謔渲染蒼白，以蒼白作為戲謔的底蘊。雖然自認《好久不見》於上述各個層面皆有突破，卻覺得三部中它最為危險，不知觀眾將如何反應。正因為危險，我對它的演出特別期待。

值得一提的是，劇中有一位患憂鬱症的「媽媽」，和我媽開朗明快的個性大相逕庭，因此請媽媽來看應無誤會之虞。我猜想若打電話請她賞光看戲，她第一句話一定是：「你有沒有寫我？」我要是回答，「有。」她會說，「我不看，你一定又把我寫得很三八。」我要是回答，「沒有。」她會說，「沒寫我怎麼會好看。」其實，近年來母親的視力越來越差，不論是太暗或太亮對她的眼睛都是挑戰。她連心愛麻將都戒了，戲院怎能請得動她？說真的，我很想將媽媽一生的故事搬上舞台，她雖默默無名，但在我眼裡算是她們那一代的奇女子，只是礙於功力，一直未敢輕易下筆。

提到功力，我曾就創作的瓶頸和導演馬汀尼交換意見。我問她：「若一個作家寫了一輩子突然發現能力有限、黔驢技窮，是不是就該停筆了？」她回道：「把有限發揮到極致就算功德圓滿了。你以為你已經發揮到極致了嗎？」

當然尚未。不過，從一九九六的《黑夜白賊》到二○○四的《好久不見》，我一直處於馬不停蹄的衝刺狀態而忘了先前的自我許期：寫作是馬拉松，不是百米賽跑。因此，《好久不見》對我

而言算是可長可短的休止符,除了明年預定的《影癡謀殺》之外,我目前沒有創作的題材與意念,只想休息。

如此叨叨絮絮,也算是宣傳。

三部曲充滿著人生無奈荒謬之幽默。誠如美國喜劇演員Steve Allen所言:「沒有什麼比現實生活中無意的幽默更好笑的了。」

二○○四年十一月刊載於《中國時報》人間副刊

黑夜白賊

家庭三部曲之 1

時間： 一九九〇年代某日黯時

地點： 台北市區一棟舊式的透天三層樓房

人物： 林　母——六十五歲。

林宏量——林家長子，四十五歲。

林宏德——林家次子，四十三歲。

林淑芬——林家長女，三十八歲。

林宏寬——林家么兒，三十三歲。

阿　雲——宏量妻，四十歲。

小　英——宏德妻，三十五歲。

清　水——林父大弟，七十歲。

陳忠仁——刑警，四十二歲。

林家親戚數人。

舞台

舞台由三個形狀及大小不同的平台組成。每一平台代表每一層樓的起居室：中間最大的為二樓，置有一組華麗的沙發和一四方形咖啡色矮桌；左邊為一樓，置有一長形沙發；右邊最小的為三樓，空無一物。

視演出的需要，各個平台可設有階梯，以供上下。每個平台的後方暗處代表每一層樓的其他部分如臥室、浴室、廚房。

舞台正後方矗立著一個高大的、呈不等邊三角形的木製物。每一邊皆可開合，代表每一層樓擺置的花梨木百葉衣櫥。

劇本中雖多次提到電視，但不以實體呈現舞台，只用一道白光替代。

第一幕

　　幕啓前，各種與水有關的音效不絕於耳：喝水、滴水、溪
　　流、潮汐、海浪、雨水、洪水……
　　音效淡出，幕啓。
　　幕啓時，宏寬坐在一樓沙發上，兩眼看著前方，不經意地
　　用電視遙控器尋找頻道。
　　電視頻道快速轉換的音效。
　　宏寬最後選擇了夜間電視新聞。

旁　白：……於典禮致辭中，李總統登輝先生特別強調大家都是自己
　　　　人，應摒棄成見，爲台灣的前途共同奮鬥，合力建設一個安
　　　　詳諧和的愛的社會……

　　林母一手拿著皮包，一手拿著雨傘從左上。
　　旁白轉弱。
　　林母撐開雨傘，雨水四濺，將撐開的傘放在舞台左前方，
　　走上一樓。林母與宏寬互看一眼後，兩人隨即避開視線。

林　母：你沒出去？

宏　寬：（看著電視）……

林　母：厝內這亂，也不會整理整理。

宏　寬：免啦，越整理越亂。

林　母：貧憚（台語：懶惰）得沒一個款。

林母邊說邊走，走向二樓平台。

林　母：（自語）歐卡西那（日語：奇怪）？哪會雨落得這大。基
　　　　隆在欠雨，偏偏台北落未停。

林母走上二樓平台，將皮包放在沙發，走到平台後方，隱
入暗處。
旁白轉強。

旁　白：……有關祥和企業集團舞弊關說一案，今天已有重大突破，
　　　　據檢方透露，此案不但涉及某些民意代表，還可能有某高級
　　　　官員藏身於後……

宏寬不耐煩地換個頻道。

旁　白：……台北市今天又是傾盆大雨，連日暴雨造成全市災情慘
　　　　重，根據氣象局表示，連續十多天的降雨量已達……

宏寬不耐煩地關掉電視，從地上拿起一本漫畫，躺在沙發
上隨便翻閱。
突然，林母從暗處衝上二樓平台。

林　母：遭賊偷了！遭賊偷了！（向一樓）阿寬，緊來噢！（向三
　　　　樓）淑芬，緊來啦！

宏寬丟下漫畫書，不情願地走向二樓平台，淑芬從暗處走
上三樓平台，再從三樓平台趕到二樓平台。

宏　寬：什麼大代誌啦？

淑　芬：（幾乎同時）是安怎啦？

林　母：遭賊偷了！

淑　芬：什麼？

宏　寬：是真的還是假的？

林　母：還有什麼假影的，明明我的物件給人偷提去——

宏　寬：什麼物件？

淑　芬：（同時）哪裡？

林　母：唉呀！我房間的物件啦，一些珠寶、玉仔全部給人偷提了了
　　　　啊啦。

宏寬和淑芬不經思索地往林母臥室走去，被林母制止。

林　母：你們免看啦！就是物件沒去了，有什麼好看的？

宏　寬：我來調查一下啊。

林　母：你調查一塊芋仔番薯啦。

三人一時不知所措，不約而同的坐在沙發。一時無話。宏
寬用遙控器打開二樓的電視。
電視的音效切入。

淑　芬：要不要打電話叫警察？

林　母：叫什麼警察？

淑　芬：我也不知……可以叫管區的來啊。

林　母：叫管區的有什麼路用。來了還不是隨便問問就回去了。

淑　芬：不叫管區，要叫誰？

宏　寬：叫總統來啦！

林　母：不管那麼多了，反正找人來就對了……

　　　又是一時無話。

林　母：樓頂和樓腳敢有安怎？

宏　寬：什麼安怎？

林　母：有給賊仔亂翻過的款沒？

宏　寬：沒啊，我每天在家，哪有可能。

淑　芬：樓頂也沒，整整齊齊的。

林　母：這個賊仔也真厲害，還知影這間厝只有二樓有值錢的物件。

　　　一陣沉默。

林　母：對啊！（說得太大聲，把淑芬和宏寬嚇了一跳）打電話叫
　　　　你那個那個警察朋友來。

淑　芬：媽，找他做啥？我們已經幾百年沒有聯絡……

林　母：你免給我騙。你離婚了後就和他聯絡了，我就不想要講你，
　　　　人家都已經娶某有兒了。好啦，先打電話再講啦。

淑　芬：以前他來我們家，你把人家趕出去。

林　母：古早以前的代誌免講啦，叫你打電話就去打電話。

　　淑芬正在猶豫時候，電話聲乍響。三人都嚇了一跳，一時
　　沒人接電話。最後還是淑芬快步向前接聽電話。

淑　芬：喂？喂？

　　對方沒有回應，淑芬輕輕掛上電話，若有所思。

林　母：誰打來的？
淑　芬：不知影……沒講話就切斷了……
林　母：奇怪，最近一直有這款怪電話……好啦，別管它了，緊打電
　　　　話。

　　淑芬撥著電話。

林　母：（對著宏寬）他的電話都會記了，還在那邊假仙。（對著
　　　　淑芬）叫他緊來！（對著宏寬）關起來啦！現在還有那個
　　　　心情看電視……

　　宏寬不理會林母，繼續看電視。

林　母：這廂要安怎……我所有值錢的物件全都沒去了了……

　　淑芬掛上電話。

林　母：安怎？

淑　芬：他講他隨來。

　　淑芬講完後，走向沙發，習慣性地開始整理二樓客廳。

林　母：叫你電視禁起來，你是聽無嗎？（突然注意到電視上的畫
　　　　面）稍等，我要看這。
宏　寬：這有啥好看的？
林　母：免囉唆啦，開大聲一點，今天這一集最重要。

　　宏寬用遙控器將音量轉大。電視機傳來日本連續劇的音
　　效。只聽見男女主角互叫對方的名字，外加一輛卡車疾駛
　　而過的聲音。突然，一陣緊急煞車聲，加上男主角以悲慘
　　的聲音叫著女主角的名字。

林　母：哇，死了！
宏　寬：放心啦，她一看就是女主角，「豬腳」是不會死的。
林　母：「會」話！我也知影她是主角不會死，是講是會變成青暝
　　　　（台語：失明），還是——
宏　寬：還是「豬腳」斷一腳。
林　母：三八哩囉格。如果要講看戲，你們攏看輸我的。我日本的都
　　　　看透透了，劇情要安怎變，我攏知影早早的——欸，阿芬，
　　　　你今天有進去我房間沒？
淑　芬：沒啦，安怎？
林　母：……沒啦……那個叫啥的，怎麼還不來？這雨實在是落得不
　　　　是款，一落就是十幾天。

宏　寬：我看是差不多了。

林　母：什麼差不多了？

宏　寬：台灣快要沉下去了。

林　母：沉你的一塊尻川（台語：屁股）啦！

宏　寬：不信你等著看，再沒幾天我們家就會淹水，到時陣我看我們
　　　　這間厝，也會沒去了。

林　母：你放心，我們這裡地勢最高，絕對不會淹水的。我們這裡要
　　　　是淹水，整個台北市就變成海了……（對著淑芬）那個叫
　　　　什麼的，他是開警察車還是自用車？

淑　芬：好像是自用車。他姓陳啦。

林　母：做警察還有自用車開不簡單。

宏　寬：搞不好是污來的。

淑　芬：你不要亂講。

宏　寬：天下警察一般黑。

林　母：亂講，日本的警察才不會像台灣的警察那麼垃圾鬼（台語：
　　　　不乾淨）。

淑　芬：拜託你，漫畫書看完自己拿下去好不好！亂七八糟這樣放。

林　母：阿芬啊！你得要卡小心一點——

淑　芬：媽，要不要打電話給大兄和二兄？

林　母：免啦，已經黯時十一、二點了，明天再講。現在讓他們知影
　　　　也沒什麼路用……（對著宏寬）欸，你沒代沒誌樓腳不
　　　　看，來我二樓看冊做啥？

宏　寬：你這裡光線卡好啊。你放心啦，媽，我是不會進去你的房間
　　　　的。

林　母：你講什麼憨話？我敢會驚你去我的房間？

宏　寬：你不驚，爲什麼有時陣門還是要鎖起來？

林　母：我喜歡，你管我……欬，那還未來？

淑　芬：哪有那麼快，落大雨車不好駛，稍等一下，隨到啊啦。我剛
　　　　才打給他的大──大哥大，他講……他講他就在附近。

林　母：警察還有大哥大？

宏　寬：警察就是大哥大。

淑　芬：媽，你真的不要打電話給大兄和二兄？

林　母：我就給你講免啦……唉，飼囝罔罔……我當初買這間厝就是
　　　　希望他們兩兄弟會作夥搬過來，全家口住在一起，和以前同
　　　　款。

淑　芬：媽，是你自己嫌擠，叫他們不要搬回來的。

林　母：我嘴是這樣講，他們就把我當真？這個年頭，疼囝無效。
　　　　唉，你爸爸實在有夠歹命，一世人打拚，一世人欠債。書讀
　　　　了不少，偏偏就是不會做生理。就是那個死腦筋，阿搭馬空
　　　　古力（日語：腦袋全是水泥），轉不過來。看他打麻雀就知
　　　　影。手氣不好也不知影轉牌或是博臭，就是硬硬要玩，一聽
　　　　牌就放炮。唉，沒法度啦。咱們這一家要不是有我，那有今
　　　　天還買這一間厝給你們兄弟。唉……有夠歹命的歹命。我們
　　　　有錢的時陣，他都沒享受到。以前攏給人租厝，生理失敗還
　　　　要走路，從這一間搬到那一間。台北市你們講那一區我們沒
　　　　住過──

　　　林母邊講邊走，結果剛好擋在電視機前。

宏　寬：媽！

林　母：現在呢——

宏　寬：媽！

林　母：啥啦？

宏　寬：你的尻川啦！

林　母：嗯？……噢。

　　　　林母走離電視，繼續講下去。

林　母：唉，現在破病變成不知影人（台語：神智不清）……不
　　　　過，不知影人也好，也不會看到你大兄和二兄見面就冤家，
　　　　看你妹妹嫁給美國人，看你離婚。他要是知影，他會氣死！

淑　芬：媽，講這些做啥啦。

林　母：怎樣？講一下你就不歡喜？你離婚不是事實？你當初結婚還
　　　　不是兩個人合意的？末了還不是離婚？我當初去那個姓許的
　　　　他家就感覺不對，厝內不太正常，教出來的囝仔怎麼會正
　　　　常？結果，結婚不到三天就對你動腳動手。

淑　芬：你那當時為什麼不講話？

林　母：講話有什麼路用？你爸爸和人見面，酒一喝什麼攏好。我查
　　　　某人講話有什麼效？又再講，你們都要自由戀愛，做老的有
　　　　什麼資格講話？……以後你妹妹要是出代誌，我什麼攏不管
　　　　……無代無誌出錢給查某兒去美國讀書，結果人真的飛走
　　　　了，無代無誌嫁給一個「阿凸仔」（台語：外國人）好像沒
　　　　去了一個女兒同款……好像被偷提去的……

　　　　門鈴聲響。淑芬快步走向一樓平台，再走向上舞台左側，

從左前下。

林　母：坐好啦，還腳蹺著那麼大範（台語：不拘束）。

宏　寬：又不是大官來了，你緊張什麼？

林　母：不是大官，也是人客。稍等（台語：待會）你可不要亂講話
　　　　噢。

宏　寬：你以前是安怎把人趕出去的？

林　母：過去的代誌免講啦。

　　　　淑芬與陳忠仁出現於左前，陳忠仁手上持一把傘。
　　　　陳打開傘，將它放在林母的傘旁邊。兩人走上一樓平台，
　　　　再走向二樓平台。

林　母：電視禁起來啦。

宏　寬：無聊嘛，隨便看看。

林　母：禁起來啦！

　　　　宏寬用遙控器關掉電視。

宏　寬：你到底是在緊張啥啦？

林　母：我哪有！

　　　　淑芬和陳已走上二樓。

淑　芬：媽，陳先生來了。

林　　母：陳先生，好久不見。阿芬去倒滾水。

　　　　淑芬走到二樓後方暗處。

陳　　　：伯母，您好。

林　　母：好，好，好久不見……陳先生現在應該是什麼科長、處長還
　　　　　是局長了吧？

陳　　　：沒有，只是一個小組長。

林　　母：沒要緊，還少年嘛。

陳　　　：無少年了。

林　　母：坐啊。

陳　　　：謝謝。

林　　母：（對宏寬）坐好啦。（對陳）這是我最小漢的兒子阿寬，
　　　　　最不知影禮數。

陳　　　：你好——

宏　　寬：（同時）見過了。

林　　母：哪時候見過的？

宏　　寬：（停了一下）……沒記了。

　　　　短暫尷尬的沉默。

林　　母：不好意思，你這麼忙，還——

陳　　　：沒關係，應該的……

　　　　沉默。

淑芬走進來將茶放在矮桌上。

淑　芬：請喝茶。

陳　　：謝謝。有沒有——

宏　寬：要不要來杯酒？

陳　　：不了，謝謝。我不喝酒。有沒有——

宏　寬：對了，電視上的警察辦案是不喝酒的。那我一個人喝好了。

宏寬走向平台後方暗處。

林　母：狷（台語：瘋）公子，什麼時陣了還想要喝酒。

陳　　：有沒有……（以為又會被打斷，自動停一下）噢，有沒有
　　　　查一查全家上下，看是丟了哪些東西？

林　母：免查了，全家只有我這一樓卡值錢，一樓和三樓都沒什麼好
　　　　偷提的。

陳　　：好，我等一下再上下查查看……那掉了哪些東西？

林　母：我的一些珠寶、鑽石、金仔、玉仔。

宏寬拿著酒瓶和杯子上。

林　母：不要再喝了啦。

陳　　：放在哪裡？

林　母：是……是我的房間，房間內底的珠寶箱仔，整個攏沒去了。

宏　寬：珠寶箱仔？！

淑　芬：（同時）珠寶箱？！我怎麼不知影。

宏　寬：我也不知影。

陳　　：伯母，可不可以讓我看一下你放珠寶箱的地方？

林　母：嗯……

陳　　：伯母，爲了辦案需要，我一定得看一下現場。

林　母：……也好。你跟我來。我的珠寶箱是放在房間衣櫥的內底。

　　　　林母帶頭走向屬二樓的衣櫥，陳尾隨於後。宏寬與淑芬也
　　　　跟過去。

林　母：你們跟來做啥？

宏　寬：參觀一下也不行噢？

林　母：免來啦！沒什麼好看的。

　　　　宏寬與淑芬留在平台。林母和陳走到百葉衣櫥。

林　母：就是這個。

　　　　兩人打開衣櫥，察看裡面。

宏　寬：你敢有知影媽有個珠寶箱？

淑　芬：你不知影，我就更加不可能知影了。我只知影媽常常買一些
　　　　珠寶的物件，但是，我不知影她攏放在哪裡。媽上禮拜還眞
　　　　歡喜地提一塊玉仔給我看，講是她用十萬塊向人買的。

宏　寬：媽哪有那麼有錢？

淑　芬：我也不知影她錢從哪裡來的。

宏　寬：奇怪，我還以爲媽什麼事都會跟我講。

　　　　林母與陳從暗處走向二樓平台。

林　母：你看，根本就沒人會知影我藏在哪裡。

宏　寬：媽，你很會保守秘密噢，有個珠寶箱仔我們攏不知影。

林　母：給人知影的保險箱敢會保險？

宏　寬：你是驚我偷提你的珠寶？

林　母：你在講些什麼猾話？我的早晚攏是你們的，我驚你們偷提幹
　　　　嘛？不讓你們知影，是我自己歡喜。敢講說我自己不能有一
　　　　點秘密？（對著陳）你給它想看看，我這樣藏我的珠寶箱，
　　　　我要是沒講敢有可能有人會知影？

陳　　：是不太可能。

林　母：就是講嘛，當初我買這間厝的時陣，就叫人特別設計我房間
　　　　的衣櫥。我叫人在底下的抽屜後面留一個四四角角的洞。那
　　　　當陣，設計師就講我這樣做沒道理，我就給他騙講我是爲了
　　　　風水的理由，得要放一些以前留下來的舊棉被。結果，我真
　　　　的是把舊棉被放在衣櫥內底，但是他哪知影，舊棉被下腳我
　　　　會放一個珠寶箱。

陳　　：你的設計師是誰？

宏　寬：對，我正要問！

林　母：我就知影你們會問。放心啦，他是我大囝阿量高中的同窗。
　　　　人家生理做這大的，聽人講總統別莊的裝潢也是他包的，哪
　　　　有可能——

陳　　：他叫什麼名字？

林　母：我也未記了。放心啦，他不可能啦，他去年就無代無誌被車
　　　　撞死了。

宏　寬：（故作神秘狀）媽，是不是你怕他洩漏秘密，叫人把他撞死
　　　　的？

　　　　淑芬和陳被宏寬的神情逗得笑出來。

林　母：（也笑）你這塊，有時候講話要給我笑死，也要給我氣死。

宏　寬：你們日本推理劇攏是這樣搬的。

林　母：厝厝（台語：安靜）啦！

陳　　：現在，我想——

淑　芬：媽，我不是早就跟你講過了？你那些珠寶不要放在厝內，要
　　　　寄在銀行才會安全。

陳　　：現在，我想——

林　母：我才不信什麼銀行不銀行的。時機一壞，講倒隨倒，到時候
　　　　要找鬼提？我甘願放在我身邊。

淑　芬：但是現在被偷提了。

林　母：好了，免跟我囉唆，代誌已經發生了，講那些沒效啦。

陳　　：我想，現在——

宏　寬：我早就不贊成你買什麼金仔銀仔。用錢買鑽石好像漩尿（台
　　　　語：鑽石與小便音似）同款，絲的一下就沒去了。

林　母：什麼漩尿？我自己的錢我要買什麼是我的代誌。你們好命不
　　　　知影，戰爭一來，錢好像紙同款。一萬塊變一千，一千變一
　　　　百。鑽石就不會變，落價也落不到哪去。

宏　寬：對，漩尿是不會貶值的。

陳　　：我想……我能不能插一句話？

林　母：歹勢，給他們這兩個一亂，我攏沒記得你還在。陳先生，你
　　　　講。

陳　　：我想現在最重要的是……

淑　芬：哇死了！阿爸！講到漩尿我才記得。阿寬，卡緊點，來替我
　　　　扶爸爸。

陳　　：我也去。

　　　　三人從二樓平台走向三樓平台。

宏　寬：怎麼這麼暗，是不是燈壞了。

淑　芬：早就壞了。

　　　　淑芬領先上三樓平台，走入暗處。

淑　芬：阿寬！卡緊點，阿爸睏在便所的土腳了。

　　　　宏寬也走入暗處。陳走下三樓平台，到舞台右前察看。等
　　　　他走回到三樓平台時，淑芬和宏寬合力抬出一張代表林父
　　　　的搖椅。兩人輕輕將搖椅放在平台上。一道微光打在搖椅
　　　　上，一直到第一幕結束。

陳　　：伯父幾歲了？

宏　寬：我不太清楚。

淑　芬：七十幾了吧……我也不太確定。我爸爸自從五、六年前第二

次中風，就一直是這個樣子。

陳　　　：我剛才想到屋頂看看，結果有個鐵門裝了三道鎖，還加上一
　　　　　條鐵鏈。

淑　芬：我媽怕小偷，特別設計的。

陳　　　：前後上下都封死了，要是有緊急情況怎麼辦？

宏　寬：跳樓。

淑　芬：神經病。

宏　寬：你怎麼知道？

　　　　三人走回二樓平台。

林　母：有安怎沒？

淑　芬：沒啦，阿爸睏在便所的土腳。

林　母：做代誌哪會那麼糊塗的。

淑　芬：阿爸的代誌攏是我——

陳　　　：我想現在最重要的是……根據我初步的研判——

林　母：是內賊！

陳　　　：嗯……

林　母：第一：我的保險箱藏得那麼內底，賊仔不可能知影；第二：
　　　　　厝內沒有賊仔亂翻物件的樣子；第三：大門的鎖也沒有被弄
　　　　　過的樣子。所以我的結論是：賊仔是自己人！

陳　　　：伯母分析得很好。可是——

宏　寬：可是！這中間存有很多疑點。第一：現在小偷是搞高科技
　　　　　的，鎖有沒有被動過手腳，還得由行家仔細分析才能確定；
　　　　　第二：小偷不是笨蛋，如果是內賊的話，他大可故佈疑陣，

　　　　這邊打破一些東西，那邊鋸掉鐵窗，或者把大門的鎖故意搞

　　　　壞，讓別人以為是外賊。所以——我的是美國那一套，你們

　　　　日本推理劇還差遠的呢——

林　母：一定是內賊！

宏　寬：不一定！

林　母：一定是！

宏　寬：不一定！不然我們請pro（注：專家）講誰對。

陳　　：……我不知道……不過，目前為止，內賊的可能性比較大。

林　母：什麼可能，比較？是內賊就是內賊！

淑　芬：內賊是不是指我跟小弟？

宏　寬：對啊！

陳　　：不只，你們是有嫌疑，但是家裡其他的人，認識的親戚朋友

　　　　也有嫌疑。

宏　寬：照理說我媽媽也有嫌疑！

林　母：講啥話！我偷提自己的物件做啥？

陳　　：伯母，先不要生氣。宏寬講的不是完全沒有道理。如果您的

　　　　東西有保險的話——

宏　寬：不錯！

林　母：你那麼歡喜做啥？事實是：我根本就沒有保險。

陳　　：那就……

林　母：做賊的喊捉賊，我又不是沒見笑。

宏　寬：那就很難講噢，我看過一部電影，裡面——

林　母：你居居啦你！

陳　　：有沒有可能誰無意中發現你有珠寶箱，或伯母你曾經對誰提

　　　　過而忘記了。

林　母：絕對沒！那是我的財產。別的代誌可以隨便，這件代誌我不
　　　　會老番癲。

陳　　：有沒有珠寶的清單？

林　母：有。

陳　　：我可不可以看看？

林　母：不行。

陳　　：爲什麼？

林　母：放在珠寶箱內底。

陳　　：那，所掉的東西大概值多錢？

林　母：我也沒啥清楚……嗯，至少也有一兩百萬。

宏　寬：你的意思就是一百萬除以二再乘以零點七就對了。

林　母：對啦，對啦。

陳　　：嗯……那珠寶箱是什麼樣子的？

林　母：珠寶箱是我特別去日本買的那種小型保險箱仔。台灣做的我
　　　　不信任。

宏　寬：對很多人來說，台灣還沒光復。

林　母：什麼意思？

淑　芬：媽，他又在笑你，你認爲什麼物件攏是日本卡好。

林　母：（對宏寬）你自己還不是同款，什麼攏是美國的好。

宏　寬：陳先生，你不要小看這一層樓噢。這裡面的東西除了空氣和
　　　　人以外，其他都是made in Japan。就連我們面前這張桌子
　　　　——

陳　　：桌子也是……

林　母：噢，對對對對！你不要小看這張桌仔，陳先生你看看下面就
　　　　知道了，寒天給它插電，它就會有燒氣出來，一點都不寒

——

淑　芬：媽，你現在講這些做啥啦！

林　母：啊！對噢。（對宏寬）攏是你啦！無代無誌講到別項去。陳
　　　　先生……

　　陳還是好奇地看到桌子底下的玄機，一時沒聽到林母。

林　母：陳先生……

陳　　：噢……對……有意思……嗯……現在最重要的是……噢，對
　　　　了，伯母，你最後一次開保險箱是什麼時候？

林　母：欸，我記得是過年前一天。我三不五時會拿出我的珠寶來看
　　　　看。我記得很清楚過年前一天是最後一次，因為那一天我開
　　　　了十五萬塊向人買了一塊玉，真水（台語：美麗）噢！

淑　芬：你不是講是十萬？

林　母：十五萬。我哪會給你講是十萬。

淑　芬：可不可能你把珠寶箱提出來，沒記得放回去？

林　母：我又不是老糊塗，那些是我的生命，哪會可能亂放。

陳　　：家裡有沒有別人來過？

林　母：就是過年那一晚，全家圍爐。後來就是初四那日，一些親戚
　　　　給我們請客。每年攏是這樣，因為初四剛好是他們阿公作祭
　　　　的日子。

陳　　：你們回想一下，初四那天發生了些什麼事。

淑　芬：那天一大早，我和媽、大嫂、二嫂在廚房做菜準備拜拜的牲
　　　　禮。

陳　　：牲禮？

宏　　寬：就是爲了拜拜煮一大堆東西要給祖先吃然後祖先一口也沒吃
　　　　　全被活人吃掉的東西。

陳　　　：噢。

林　　母：死囝仔賊！黑白亂講，不怕被雷擊！

林母話才說完就傳來高壓電線的爆炸聲，整個房子陷入黑
暗。

淑　　芬：停電！

宏　　寬：（同時）哇，死了！

林　　母：夭壽！

淑　　芬：我去點蠟燭。

林　　母：免了，電會隨來。

陳　　　：沒關係，你們還是回想一下，初四的情況。

宏　　寬：對，這樣暗暗的比較有戲劇效果。

林　　母：你是講什麼碗糕效果？

淑　　芬：媽，你免睬他，你講你的。

林　　母：阿道（台語：語助詞），那天透早，我們幾個查某就趕緊準
　　　　　備要拜的物件……

隨著林母的回憶，阿雲和小英從舞台右邊先後走到二樓平
台前面。以下林母邊說話邊走下二樓平台。

林　　母：我大媳婦叫阿雲，嘉義人，人是很能幹，就是不太會生，生
　　　　　三個囝仔，只有一個是查甫的。我二媳婦叫小英，兩個是在

美國留學熟識的，很會讀冊，讀到碩士⋯⋯是外省人⋯⋯也還不錯。（對著阿雲）牲禮攏差不多了吧？

阿　雲：只剩下雞就攏可以了。要幾支，我去燒香。

林　母：不行，不行，得要查甫先燒才可以，講幾遍了。欸，那幾個查甫呢？

阿　雲：阿寬在他房間。阿量講什麼公司還有代誌。

林　母：阿量的生理到底做得安怎？

阿　雲：我也不知影，問他他就叫我查某人免管。

林　母：我看他和他阿爸以前同款，每天在湊錢也不是辦法。

阿　雲：就是啊。

　　阿雲講完，從舞台右下。

小　英：宏德去他學校的系主任家拜年。

林　母：不似鬼（台語：還不錯），這塊還知影得要去給人拜年。阿德自小漢就不太會交際，不會出去跟人喝酒，穿衫又亂七八糟。不像他爸爸，西米路（西裝）都是日本訂做的，穿起來實在有夠有扮的。話又會講，講國語人家以為他是外省人，講日本話人家以為他是日本人⋯⋯欸，不是說阿德就要當系主任了？

小　英：他沒選上。

林　母：就是嘛！他穿得那麼落破，誰會選他做系主任。

小　英：也不是啦，有人寫黑函害他的。

林　母：什麼黑函？

小英想用台語解釋，卻一時不知道怎麼說。剛好阿雲端著一盤雞肉上。

小　　英：黑函就是，就是……

阿　　雲：黑函就是寫信給人，又沒寫自己的名啦。

林　　母：那不是和在尻川背後罵人同款，沒見笑！黑函講什麼？

小　　英：黑函說宏德有一些文章是抄外國的。

林　　母：他有抄沒？

小　　英：是參考，不是真的抄，台灣很多人都這樣做，又不是只有他一個。

林　　母：到底是誰寫的？

小　　英：宏德猜是現在的系主任寫的。

林　　母：這款人還給他去拜年。

小　　英：宏德說沒辦法，學校比社會還黑暗，他說「人在江湖，身不由己」。

林　　母：什麼？

阿　　雲：媽，雞好了。

林母接過阿雲手上的雞肉，將它交給小英。

林　　母：這隻雞有夠肥的……做系主任是不是卡好康（台語：較利多）？

小　　英：是啊！

林　　母：那這樣去給人拜一下也是對的。這盤拿去三樓。我得要卡緊換衫才對。

　　林母走上二樓平台。

小　英：大嫂，你陪我上去好不好？
阿　雲：我拿去就可以了。
小　英：我每次上去三樓都有點毛毛的。
阿　雲：我們家裡也有拜拜的神主牌，我是比較習慣了。可是我每次
　　　　上去也覺得怪怪的。
小　英：太暗了，連白天都像是晚上。

　　兩人突然發現淑芬已從二樓平台走到她們後面。

小　英：我……我正要拿雞肉上去拜拜。
阿　雲：我來。
小　英：我拿上去。
淑　芬：沒關係，我拿上去，順便看一看阿爸。

　　淑芬接過盤子，走向三樓平台；阿雲和小英從舞台右下。
　　同時，宏寬從二樓平台走向三樓平台。

宏　寬：為什麼一定得要我來燒香？
淑　芬：阿量和阿德攏沒在。
宏　寬：你不能先燒嗎？
淑　芬：我們做查某的不能第一個燒香，這是你們查甫的專利，也是
　　　　我們家的傳統，到現在你還不知影。
宏　寬：傳統有時候真的有夠囉唆。

淑　芬：要是給媽聽到，媽會給你罵死。

宏　寬：我講的事實啊，敢講你沒這款感覺？

淑　芬：我安怎感覺沒重要，我們家永遠是查甫最大，查某有什麼資
　　　　格講話？

宏　寬：是你自己不講的。

淑　芬：你以為我沒講過？我以前才講一兩句話就被爸爸用竹仔打得
　　　　悽慘落魄。

宏　寬：阿爸打人這狠的。他太嚴肅了，又不講笑的，連吃飯的時
　　　　陣，也不准人講話。我自小漢就怕他——

　　　　林母插話。宏寬和淑芬暫時不動。

林　母：講這些跟抓賊仔有什麼關係？講別項啦。

　　　　宏寬和淑芬恢復談話。

淑　芬：你今天千萬不要再喝酒了。

宏　寬：是安怎？

淑　芬：……醫生講喝酒對你身體不好。

宏　寬：你哪會知影？

淑　芬：我去問醫生的。

宏　寬：你？

　　　　清水從後方暗處出現，走上三樓平台。

淑　芬：阿叔。

宏　寬：阿叔。

清　水：又是我頭一個到。你媽媽叫我先來拜。

淑　芬：阿寬，去拿香。

宏　寬：幾支？

淑　芬：四支啦。

清　水：少年人，幾支都不知。我拜好就要去看阿兄。

　　　　林母插話。

林　母：有了！

　　　　林母一講，突然電來了。

　　　　同時，三樓平台的人停止所有的動作，但只有清水一直僵
　　　立原地。

宏　寬：哇，我媽一有了，電就來了。

林　母：別吵啦，我是講他有嫌疑。

淑　芬：媽，你是在亂講啥啦？

林　母：是清水仔沒不對，他有這間厝的鎖匙。

淑　芬：他向我們提鎖匙，是爲了有閒就可以來看阿爸。他們幾個兄
　　　　弟姊妹就是他和阿爸最親。媽，你不要冤枉好人。

宏　寬：對啦，阿叔仔不是「鹹魚」啦。

林　母：眞歹講噢！陳先生講每一個親戚五十都有嫌疑嘛。我看清水
　　　　的嫌疑最大。他沒頭路，每天只會釣魚，他的退休金我看也

是早就用完了。沒不對,就是他!

淑　芬:不可能。

陳　　:沒關係,慢慢來。我記下來就是了。

　　陳一講完,宏寬因為要去拿香,不能留在三樓平台,因此走回二樓平台。

淑　芬:(從口袋拿出錢交給清水)阿叔仔,這錢你收起來。

清　水:免了,免了,你上次給我的還沒用完呢,不好啦──

淑　芬:沒要緊啦,你先放著。釣魚不是也要買一些物件嗎?

清　水:是啦……不過……講到釣魚啊……最近有一些奇奇怪怪的代誌發生……

淑　芬:什麼奇怪的代誌?

清　水:釣沒魚。我不管是放什麼餌,魚仔就是不吃。敢講景氣壞,連魚仔也知?

淑　芬:你應該換所在釣了。

清　水:我已經換到快要沒所在釣了。什麼海邊、溪仔,我攏釣過。沒效啦……上禮拜我跑到坪林又再內底的溪仔去釣,結果你知影發生什麼代誌沒?

淑　芬:安怎?

清　水:不但溪內的水不在流,內底的魚仔全部攏死了了,一隻一隻浮在水面。

淑　芬:驚死人。

清　水:我也是驚一下。

淑　芬:我看是污染得太嚴重才會這樣。

清　水：不是，比污染更加嚴重。它這個表示啥你知沒？這表示今年
　　　　是壞年，有很壞很壞的代誌快要發生了。

淑　芬：去年你不是也講是壞年？

清　水：去年是壞年，不過今年是大壞年。

　　　林母插話。淑芬和清水停止動作。

林　母：稍等一下。（問淑芬）你剛才是不是又給你阿叔仔錢？

　　　淑芬邊回答邊走向二樓平台。清水下。

淑　芬：是啊。

林　母：你怎麼又給他錢了。你錢從哪來的？你怎麼有那麼多錢？

淑　芬：我也才給他一兩千塊而已。

林　母：你又沒在賺錢，錢從哪裡來的？

淑　芬：我自己有存一點。

林　母：存多少？我怎麼攏不知——

陳　　：伯母，我們還是繼續說下去。後來呢？

林　母：噢，後來……後來……大家拜拜了後，就開始吃飯了。查甫
　　　　的在二樓吃，查某的在一樓，囝仔在那間日本式的榻榻米上
　　　　面吃。我們一家口子就沒閒的準備給他們吃。

　　　林母開始回憶之前，已有一些男子分別從舞台左右兩方
　　　上。幾人拿著棕色圓木凳，一人拿著桌腳，還有兩人抬著
　　　圓桌，桌底面向觀眾。大夥在中間會合，迅速地設好飯桌

和木凳，然後一一坐下。此時，觀眾才看見桌面已黏有一
盤盤各式各樣的食物。眾人作喝酒吃飯狀。

阿雲和小英從後方暗處走向舞台中央，兩人各拿一盤食
物。

小　英：好奇怪噢，什麼時代了，他們家還分男人一桌，女人一桌。

阿　雲：我們拿菜奉侍那些查甫仔，好像電視內底古早的婢女。

小　英：現在和以前一樣，我們還是婢女。

阿　雲：（作夫人狀）小心點，湯不要滲出去了。

小　英：是的，夫人。

兩人將菜端到吃喝的眾人旁邊。

阿　雲：菜來了。

小　英：各位大爺，上菜了！

男子甲：菜太多了，叫你媽不要再弄了。

阿　雲：沒啦，沒菜啦。

男子甲：來啊！你倒，你倒。

男子乙：我們比看看就知影，你們大家做一個公道，他那一杯太少。

男子甲：哪有啦。差不多啦。

宏　量：來，來，自己人免客氣。

清　水：阿量仔……

宏　量：阿叔仔，你夾得到嗎？

男子甲：不會啦。哪有那種差不多的。來，我來倒。

男子乙：來啊，再來，你倒，你倒。

清　水：哎噢……我自己來。阿量仔……

宏　量：趁燒吃，大家作夥來。

　　　　此時，林母插話。她一插話眾人繼續吃喝聊天的動作，但
　　　　不出聲。

林　母：我大囝跟他爸爸很像，叫宏量，做人很四海，跟親戚五十卡
　　　　有講有笑。他是做生理的。

　　　　林母講完，眾人馬上繼續講。

男子甲：來，阿德，喝一點。

宏　德：多謝，阿叔仔，隨意就好，我不會喝。

宏　量：你要先敬阿叔仔才對，哪有阿叔敬你的道理。

男子甲：沒要緊啦，人家他是教授呢。敬他是應該的。來乾一杯。

宏　量：教授有啥小路用？只有一支嘴，每天講那些有的沒有的，跟
　　　　社會都沒關係。吃米不知影米價。不然你問他，雞蛋一斤多
　　　　少？豆腐一塊多少？

清　水：阿量仔……

男子甲：你怎麼喝那麼少，來，來……

男子乙：話不能那樣講，我們林家這一世人也只有出他一個大學教
　　　　授。

宏　量：教授和和尚都同款，只會唸經啦。

清　水：阿量仔……

林母再度插話。眾人無聲。

林　母：我第二個兒子卡木訥，和他哥哥不同，不太會跟別人講笑。
　　　　不過很會讀冊。我們家就只有他一個人念大學。

宏　寬：我不算啊？

林　母：讀沒畢業算啥？後來我標會仔給他去美國讀博士，去什麼歐
　　　　艾哇的——

宏　寬：Iowa啦。媽，我不是教過你很多次了嗎？人被狗咬到的時陣
　　　　會叫「哎喲哇」。

林　母：反正他是美國博士，就對啦。

陳　　：伯母剛才提到有嫌疑的男的和你們是什麼關係？

林　母：他噢，他是我先生最大的弟弟叫做清水。以前是走船的，都
　　　　做了船長。唉，他的故事好像電視在搬的同款。二十幾年
　　　　前，他走船早一天回來，回到厝內沒想到門一開，他太太正
　　　　好在討客兄（台語：與情夫通姦）……了後就跟那個沒見
　　　　笑的查某離婚了。他就船也不走了，工作也不做了，人也變
　　　　得有點阿達阿達，不太正常，常常講一些沒人聽有的狷話。
　　　　唉，沒法度，一世人撿角（台語：頹廢不振）。

宏　寬：那不正是跟我同款，是廢人。

淑　芬：媽，你講那些有什麼關係？

林　母：我想到就講，給陳先生做參考啊。

陳　　：沒關係。

插話完後，眾人又邊吃邊喝。

清　水：阿量仔……

宏　量：（心不在焉）什麼，阿叔？

清　水：我這幾天一直夢到你阿爸。

宏　量：噢，夢到什麼？（對男子甲）阿叔仔，我敬你。

男子甲：來。

清　水：真奇怪的夢，我夢見他沒去了，大家四界找都找沒……還有——

宏　量：（完全沒聽他在講什麼）再來。

男子乙：講到你爸爸，我這幾年過年來你家吃飯，攏感覺怪怪的。

清　水：還有啊，他變成一塊石頭……

男子甲：（對男子乙）是安怎講？

男子乙：他不在作夥和我們吃啊。

清　水：這大這大的……

宏　量：這也是沒法度的代誌。

男子乙：哪要講學問，阿德仔，我們整個家族內底，就是你爸爸學問上好，他噢——

男子甲：如果要講你爸爸，實在是一個大好人，只是可惜運氣不好，才會——

宏　量：來，來，喝酒，喝酒。

清　水：這大的大……沉在海底……

男子乙：你爸爸破病得太早。實在是運氣不好，如再給他十年，我敢講——

男子甲：這就要講我們林家的歷史。我們歐多桑（日語：父親）是高血壓和心臟病過身的，你阿爸也有同款的問題。

男子乙：這就是我講的運氣不好嘛。歐多桑過身的時陣是哪一年？

（對宏量）你爸爸中風又是哪一年？中間差了二、三十年。照理講，以現在的醫學，什麼血壓高啦，心臟病啦，攏是可以用藥仔來控制的。你爸爸那當陣有在看醫生吃藥仔。（轉問宏量、宏德）對不？哪有可能一年中風兩次……

清　水：才會沒人找到……

宏　量：來來來，喝酒，喝酒！

　　　　淑芬走下二樓平台，剛好碰到從左上的中年女子。同時，飯桌上的男子以分散的方式慢慢地由舞台各個方向下，留下圓桌和木凳。

淑　芬：阿姑，你吃飽沒？

姑　媽：我吃了，你卡緊去吃。

淑　芬：我隨來。我得要去看我阿爸。

姑　媽：你要去三樓啊？我跟你來去，參觀，參觀。

　　　　林母插話。兩人繼續走到三樓平台後面的暗處。

林　母：有了！

宏　寬：我媽又有了！

林　母：我跟你講，這查某也有嫌疑，她每次去人家的厝內，不是這裡看看，那裡看看。（對淑芬）你又再講下去……

　　　　淑芬和姑媽走到明處。

姑　媽：你媽怎麼會買這一間厝，暗索索又不通風，厝也這古了。

   林母插話。姑媽僵立不動，淑芬停在原處和林母對話。

林　母：哼！買不起就講一聲。她自己現在住的所在還是給人家租
   的，還愛講。這厝我便宜買下來，她知影什麼，這一棟跟咱
   們基隆以前那一棟可以講是一模一樣，有什麼不好的？大家
   都說我好厲害，只有她那一個沒有厝的人才會嫌！

宏　寬：他們在你面前當然都說你很棒，只不過是在後背笑你。

林　母：誰在笑，誰在笑我？

淑　芬：一些阿叔也講買這棟厝沒價值。

林　母：沒價值一塊碗糕啦，他們這些人，總講一句，目孔赤（台
   語：眼紅）啦。

   淑芬和姑媽走上三樓。淑芬走到搖椅處，姑媽隨便看看。

姑　媽：（走向搖椅）阿兄，你有卡好沒？

淑　芬：我阿爸這幾年頭腦越來越沒法度了，講話攏不清楚，常常問
   我講：「阿芬仔，你叫什麼名？」或是問我講：「我是不是
   在睡覺？」他的話別人攏聽無，只有我常常跟他在一起才聽
   有。

姑　媽：以前不是有請人來看他？

淑　芬：有啊，後來我搬回來就給她辭了。

姑　媽：你整天看你阿爸，不是被綁死死的？

淑　芬：這也沒法度。我只有等阿爸睏午的時陣才出去一下。

姑　　媽：你離婚多久了？囝仔呢？

淑　　芬：他們現在住在哪裡我攏不知影。我先生不讓我去看他們，自己又四界跑，一下子去美國，一下子去大陸，囝仔都沒有人顧……

姑　　媽：你們是安怎要離婚？

淑　　芬：……

姑　　媽：欸，你阿爸在說啥？

淑　　芬：阿爸，你要講什麼？

姑　　媽：他在說什麼？放散？拋棄？

淑　　芬：不是啦，好像是放屁。

姑　　媽：噢，我聽作是拋棄……

　　　　　林母打盹，淑芬走回二樓平台，姑媽下。

林　　母：免講那些有的沒的。我們還沒講查某那一桌——

　　　　　行動電話乍響。陳趕緊在他大衣內找電話，先拿出一副手銬，放在矮桌上，再拿出大哥大。

陳　　　：對不起。

　　　　　陳走到角落講電話。

林　　母：（對宏寬）好了啦，不要再喝了，臭酒味那麼重。

宏　　寬：剛剛才喝，那有酒味。

林　母：不然酒味從哪來？這只有你一個人在喝酒。

陳　　：喂。幹嘛？……又要去？前天才搞到……你們現在在哪？雨
　　　　很大，那就不要等我了……好，好，等我忙完再……沒什麼
　　　　事，朋友家裡遭小偷……我也知道是無頭公案，總是要……
　　　　好啦，我這會結束就過去……好，再見。（走向沙發）抱
　　　　歉。

林　母：陳先生，辦案真沒閒噢。

　　　　陳坐下來，邊講話邊拿起桌上的手銬，習慣性地把玩著。

陳　　：是啊……

林　母：我們剛才講到……

陳　　：伯母，等一下我別的地方還有事……我想……我的意思是我
　　　　們現在能不能回憶重點？

宏　寬：對，重點回憶，不要像連續劇一樣拖個沒完沒了。

林　母：沒問題。不過，陳先生，如果你要找線索，你一定要先知影
　　　　我們林家的歷史。

　　　　陳無可奈何地看淑芬一眼。

淑　芬：媽，我們現在是要捉賊仔，講我們家古早以前的代誌做啥？

陳　　：還是講……

林　母：你囝仔人知影什麼？不講我們家的歷史，陳先生怎麼可能了
　　　　解代誌，賊仔怎麼抓？日本電視都是這麼搬的。陳先生，你
　　　　要知影噢，我們林家以前在基隆是很沖（台語：光榮）的

————

宏　寬：（自語）唉，每一國都有輝煌的歷史，每一家都有很沖的過去。

林　母：當初他們阿公是他們幾個兄弟中最有出頭的，在基隆的車頭站就開了兩間大旅館，一間骨董店，在和平島還有自己的造船廠。房子住的是和平島那當陣唯一的三層的樓仔厝，裡面的傢俱免講都是骨董，連那個地板還是大理石。他有錢不打緊，還有地位。光復了後，還做過國大代表。有一年，爲了他的船能在上海安全靠岸做生理，他還親自去拜訪杜月笙，辦一桌請他——

淑　芬：眞的還假影，以前是胡適，現在連杜月笙都搬出來了。

林　母：跟你講你不信，你阿公什麼世面沒見過。他眞的跟杜月笙同桌吃過飯……還有一件代誌你們攏知影。日本和中國戰爭的時陣，日本快要戰敗了，跟你阿公借了三十八條船……

淑　芬：（同時）三十八條船。

宏　寬：（低語）又來了……媽，不要再講什麼船的代誌好不？

沉醉在回憶裡的林母不理會宏寬。宏寬開始變得有緊張，站起來繞著客廳走，還一直用右手摩搓著左肩，時而喃喃自語，音量漸漸由小轉大。

宏　寬：我不要聽……不要再講……

林　母：那當陣台灣還未光復，你給它想想看，中國要是打贏了當然是最好，不過日本要是打贏，他們才有可能還我們船。書我們拜拜不知影應該請神明保佑誰打贏。結果，日本戰敗，那

三十八條船也就沒得討了。

宏　寬：船沉去了……沉下去了……

林　母：光復了後沒多久，他們阿公就死了。大家為了財產的問題，幾個兄弟吵來吵去，攏翻臉了，只差到沒提刀仔來相殺。他們阿公死了後，他們爸爸就接管造船廠的生理，光復不多久，景氣壞，還有因為減了三十八條船，沒元氣了。有一年，我和他們爸爸去日本玩，哪知影一回來發現一些鐵工廠的錢給管財務的經理統統偷提了了。沒幾天，公司就倒了。

淑　芬：（注意到宏寬）媽……

宏　寬：……隨人顧生命……

林　母：講起來嘛也真沒面子。他們爸爸欠人錢，犯票據法，有七年改名換姓偷偷替人做事。我靠打麻將來維持一家。七年內我們不知道搬了多少次家，每次有一點風聲，我們馬上搬厝。

淑　芬：阿寬……

宏　寬：大家緊走……

林　母：七年後他們爸爸又出來做生理，哪知影二十幾年內又失敗兩次……兩次也是被人拖累的。

宏　寬：（大吼）不要再講！

林　母：是安怎啦？

宏　寬：不要再講！不要再講！不要再講！

宏寬說完馬上衝下二樓平台，隱入暗處，隨即又衝上一樓平台。宏寬先坐在沙發上，越坐越焦躁，急忙在雜亂的桌上找東西。找到一瓶藥，先拿出一粒，想想後再拿出一粒，一口吞下。神情緊張的他，拿起桌上的酒瓶對嘴喝。

手不斷抓著大腿，企圖緩和心情。最後，他乾脆拿著酒瓶，走向一樓衣櫥，打開衣櫥，走進裡面。

二樓平台上的三人被宏寬突如其來的發作嚇到了，一時楞在原地。

林　母：歹勢，阿寬他他他……

陳　　：他還好吧？

林　母：很好，很好，沒問題……可能是睏沒飽，脾氣卡壞一點……

淑　芬：媽……

林　母：（用嚴厲的眼光瞪著淑芬）沒代誌啦！

陳　　：沒事就好……

林　母：沒事，沒事。

短暫的沉默。

林　母：越講越嘴乾，泡一杯咖啡來喝。

淑　芬：我來泡。

林　母：免了，我自己泡的卡好喝，你泡的像馬尿。

林母走到二樓平台後面，沒入暗處。

陳　　：你媽還是跟以前一樣有精神。

淑　芬：其實，我爸爸中風之後，她老了很多……也變了很多……

陳　　：怎麼說？

淑　芬：以前她常說我爸爸做事都不跟別人商量，現在她也一樣，一

切由她做主，我們沒有表達意見的餘地。就拿買這間房子來
說吧，她也是買了才告訴我們。

陳　　：這房子蠻奇怪的。

淑　芬：別人都是往新社區搬，我們偏偏越走越回頭，搬到台北最老
　　　　的地段，如果這一間是祖產也就算了……

陳　　：不過裡面的佈置還蠻現代的。從外表來看，我絕不會想像裡
　　　　面是這樣的。

淑　芬：我很討厭這間房子，使我覺得我們家這幾年一點也沒變……
　　　　空氣不流通，光線又差……加上濕氣太重，房子裡面每樣東
　　　　西上面都好像積了一層水氣。我每天沒事就擦，沒事就清
　　　　理，可是還是覺得黏黏的。你不要看這一層裝潢得這麼好，
　　　　其實把地板掀開，裡面早就發霉了。

陳　　：你爲什麼不搬出去？

淑　芬：搬出去，我爸爸怎麼辦？

　　　沉默。

淑　芬：你累了吧？

陳　　：還好。我昨天來過你們家，你媽不知道吧？

淑　芬：當然不能讓她知道。

陳　　：那就好……不然，她也會懷疑我了。你小弟呢？他會不會講
　　　　出來？

淑　芬：不會。我和小弟從小就是一國的，你放心。

陳　　：那就好。

淑　芬：你又在玩你的手銬了。

陳　　　：噢，沒什麼。我一累——

淑　芬：或緊張。

陳　　　：或緊張就會拿出來玩一玩。

淑　芬：你現在是累，還是緊張？

陳　　　：應該是累了，這一陣子都沒睡好覺。

淑　芬：爲什麼？……是不是爲了我們——

陳　　　：不是……我也不知道……昨天又跑去跟朋友喝到天亮。

淑　芬：不是說要戒了嗎？

陳　　　：是啊，說過要戒可是戒不掉，朋友一邀我去……越想戒就越
　　　　　想喝，自己一個人吃飯也喝……你看，我隨身帶著肝藥。以
　　　　　前吃肝藥是爲了解酒，現在吃肝藥是爲了喝酒。

淑　芬：爲什麼這樣呢？如果是爲了——

陳　　　：不是。眞的跟你無關……只是心裡悶。

淑　芬：爲什麼悶？

陳　　　：我也不知道……也許是工作不順利，幹了警察這麼多年還只
　　　　　是個組長像烏龜在底下爬。這十幾年來，我的生活可以說是
　　　　　一潭死水，社會天天在變，而我還在原地踏步……能夠再見
　　　　　到你——

　　　　林母上，兩手端著一盤切片西瓜。

林　母：來，陳先生，吃一點西瓜，現在台灣有夠進步，連寒天還可
　　　　　以吃得到西瓜。

陳　　　：不必了，謝謝。

　　陳趕緊把手銬放在口袋，接過林母手上的西瓜。在以下的
　對話，他一直不自覺地兩手捧著盤子。

林　　母：吃啊，眞甜噢！

陳　　：謝謝，我不餓……對不起，洗手間在哪？

林　　母：嗯……你可以用我那間……

陳　　：沒關係，我用樓下的。

林　　母：阿芬，你帶陳先生去。

陳　　：我自己去。我來過──過去自己找找。

淑　芬：下樓進去，在左手邊……你帶盤子去幹嘛？

　　陳發現手上還拿著盤子，將盤子交給淑芬。走到一樓平
　台，然後走入暗處。

林　　母：你剛才和他在講啥？

淑　芬：沒講啥。

林　　母：你也卡差不多一點，等一下有機會，你給他講你要跟他切起
　　　　　來。

淑　芬：這我自己會處理。

林　　母：處理？我如果沒講，你會處理？

淑　芬：媽，你不要管我的代誌，好不好？我已經快四十歲了，我自
　　　　　己──

林　　母：四十歲又安怎？我們這一家口就只有你一個人離婚，嚇死嚇
　　　　　症（台語：不知羞恥），給親戚朋友笑死。

淑　芬：不然你要我安怎？他外口一直有查某，你要我忍耐多久？

林　母：有查某又安怎？你阿爸以前……不管如何，離婚就是不對。

淑　芬：媽，我住這你沒向我要一毛錢，我知影。但是，也不能講我一搬回來，照顧阿爸的代誌攏總得要我一個負責，是不是？

林　母：阿爸的代誌我沒靠你要靠誰？

淑　芬：你有三個兒子，兩個媳婦，你哪會沒人靠？你自己為什麼也不三不五時上去看他一下？

林　母：我沒時間啦。

淑　芬：我就有時間？

林　母：你是在教訓我是不？我和你阿爸的代誌你不知影啦，當初他是怎樣待我的，你知沒？我這一世人吃苦，攏是你爸爸害的。他以為他是一家之主，什麼代誌攏是他講了才算，從來不跟別人商量。

淑　芬：你現在還不是同款。

林　母：你在講啥？自從你爸爸中風了後，全家攏總要靠我一人，我這做老母的現在好像是做老爸的。

淑　芬：你比阿爸還要像阿爸。

林　母：我問你，你今天下午有沒有出去？

淑　芬：有啦。

林　母：去哪？

淑　芬：沒去哪。

林　母：是不是跟他見面？

淑　芬：不是啦。

林　母：你不要給我騙。

淑　芬：不是就是不是。

林　母：不然，你到底去哪？

淑　芬：我……我去找厝。

林　母：找厝做啥？

淑　芬：我……我要搬出去。

林　母：是安怎得要搬出去？我敢有虧待你？

淑　芬：我住不下去了。

林　母：你講這什麼話？是安怎住不下去？好，要搬你儘管搬，大家
　　　　攏給我死出去，永遠不要回來最好。

　　　　二樓平台燈暗，淑芬與林母僵住不動。一樓平台燈亮。
　　　　陳從暗處上一樓平台，被突然從衣櫥走出來的宏寬嚇了一
　　　　跳。

宏　寬：是你。我還以為小偷又來了。

陳　　：我去上廁所。

宏　寬：中場休息？

陳　　：什麼？噢，對，中場休息。

　　　　沉默。陳不自覺地拿出手銬來。

陳　　：你在……衣櫥裡面……

宏　寬：喝酒。比較安靜，要不要來一點？

陳　　：嗯……不了，謝謝。

　　　　沉默。

陳　　：我……上去——

宏　寬：你是我姊姊的初戀情人？

陳　　：我……不曉得……應該算是罷。

宏　寬：要不是我媽反對，你差一點就變成我姊夫，你會不會很氣我
　　　　家？

陳　　：事情都過去那麼久了……

宏　寬：其實，也沒有什麼好氣的，應該感到很慶幸才對，我們家太
　　　　複雜了。

陳　　：每個家都很複雜……

　　　　沉默。陳正想走時，宏寬又講話了。陳不安地拿出手銬來
　　　　玩。

宏　寬：爲什麼他們要自殺？

陳　　：誰？

宏　寬：警察。一年內有那麼多警察自殺，報紙說不是爲了錢就是爲
　　　　了感情。我在想，事情有那麼簡單嗎？

陳　　：應該沒有報紙說的那麼簡單。

宏　寬：我在想應該有比錢財或感情還要……還要更……怎麼講……
　　　　更悲哀……的原因……你說呢？你比較清楚，你也是警察。

陳　　：我說不上來。

宏　寬：眞的不陪我喝一杯？剛才你好像有點想要的樣子。

陳　　：眞的不要，謝謝……能……能不能麻煩你一下。

宏　寬：什麼？

陳　　：麻……麻煩幫我一下……我把……我把自己銬住了。

燈暗。

落幕。

第一幕終

第二幕

　　幕啓前，雨正滂沱的音效。

　　幕啓時，陳獨自站在三樓平台，旁邊還置有微光籠罩下的搖椅。二樓平台的方形矮桌的四邊各坐一名女子，林母站在旁邊。一樓平台空無一人，除了第一幕就置有的沙發外，還多了一張椅子。

　　舞台右前方有麻將桌椅一套，左前方則有一堆撐開的傘，顏色紛雜，甚爲醒目。

　　一樓平台漸有微光。淑芬從暗處上，直接走到一樓百葉衣櫥，然後敲著衣櫥的門。

淑　芬：阿寬？阿寬？

宏　寬：（自衣櫥內）啥人？

淑　芬：我啦。

宏　寬：（照舊）什麼代誌？

淑　芬：你出來啦。

　　宏寬打開衣櫥的兩扇門。他拿著酒杯坐在裡面。

宏　寬：你進來嘛。

淑　芬：我才不，你就知影我自小漢就最怕被關在小房間裡面。

宏　寬：我們以前小時候玩捉迷藏的時候，我常常躲在衣櫥內，你都賴皮跑到外面去躲。

淑　芬：躲在外頭你才找不到啊。

　　宏寬喝完杯中的酒，放在旁邊，順手拿起身後的手銬。

淑　芬：那個怎麼會在你那？
宏　寬：我跟陳先生借來玩的。我正在研究逃生術。小時候你有一次
　　　　帶我去看魔術表演。有一個人這厲害的，全身被綁住，鎖在
　　　　皮箱內，還被丟在水裡，結果他沒三分鐘就逃出來了。
淑　芬：那都是騙人的。
宏　寬：我當然知道是騙人的。
淑　芬：出來啦，不然我要進去了。
宏　寬：進來啊。

　　淑芬猶豫了一會，索性鑽進衣櫥和宏寬並列而坐。

淑　芬：還不小嘛。哇，這門裡面哪會有鎖？
宏　寬：我自己裝的。你看，我這是麻雀雖小，五臟俱全。枕頭、棉
　　　　被、書、手電筒，就差一個冰箱。
淑　芬：還有電視。

　　淑芬看到旁邊的手銬，拿起來端詳，然後不自覺地把玩
　　著。

宏　寬：你到底叫我出去要做啥？
淑　芬：媽叫我來看你。
宏　寬：她自己不會來？
淑　芬：她正沒閒講故事。

宏　寬：自從過年那一黷，媽就不敢跟我面對面講話。

淑　芬：這也不能怪她，你真的嚇了她一跳。這幾天只要講到你的事情就眼淚一直流。

宏　寬：她昨天還偷偷的放一些安眠藥在我桌頂。安眠藥是她的萬靈丹。

淑　芬：我這幾年也是沒吃安眠藥就睏沒去。

宏　寬：你不要也被媽媽害了。

淑　芬：媽又不是存心要害你的。

宏　寬：我當然知道她不是故意的。

淑　芬：知道就不必每天給媽臉色看。

宏　寬：我心情不好。

淑　芬：她心情又好了？

宏　寬：我也不是故意的，這幾年媽變得太多了，整天只會顧她的珠寶……她有珠寶，我有酒……你有什麼？

　　　　淑芬突然爬出衣櫥。

淑　芬：不行，太難受了。

宏　寬：這沒耐力的。

淑　芬：那你可以出來看看啊。

宏　寬：等一下。

淑　芬：好了，我要上去了。（發覺她不需要鑰匙，把手一縮，即可掙脫手銬）欸，我手一縮就出來了。

宏　寬：你是魔術師啊？那麼厲害。（接過淑芬手上的手銬）姊仔，你記不記得以前，你常常帶我去看電影？爸爸媽媽一冤

家，我們兩個就偷走出去看電影，電影一看什麼就攏沒記得了。可惜，我現在是不敢去電影院了。

淑　芬：我自離婚了後就沒心情看電影了。

宏　寬：你離婚後也變了不少。有時候我一想到這件事，就很想去揍那個姓許的一頓。

淑　芬：不必替我難過。離婚是我提出來的。

宏　寬：你以後打算安怎？

淑　芬：我也不知影，到時陣再打算。

宏　寬：你跟那個陳先生——

淑　芬：不可能的——啊對，昨天陳先生來咱厝的代——

宏　寬：你放心啦，我不是憨人，連這點默契都沒有。如果給媽知影，她一定會以為他是賊仔，馬上打電話給警政署署長來抓人。

淑　芬：好了啦，我不跟你講了。我要上去了，不知道媽又在亂編什麼故事。

宏　寬：我看她已經講故事講得忘了要捉小偷了，剛才連杜月笙都搬出來了，我看現在已經講到孫中山了。

淑　芬：好啦，我走了。拜託你，不要再喝酒了。

淑芬走上二樓平台，宏寬再度將門關起來。二樓平台燈漸亮，淑芬走到林母旁邊。方形矮桌的女人開始有動作：打四色牌。其中兩個較年長的一個身上披著毛毯，一個腿上蓋著棉被。

二嬸婆：（對她女兒講）卡緊打啦，快要睏去啊啦。

二嬸婆女兒：（以下簡稱女兒）稍等一下，我又不太熟，這久沒打
　　　　　了。

二嬸婆：（看女兒的牌）我打車，你可以吃孤支，打這張啊。

四嬸婆：喂，喂，哪可以偷看？

二嬸婆：有什麼關係，我又不會叫她打給我到的（台語：胡牌）。

四嬸婆：這我們怎麼知影？你就讓她自己打嘛。

女　兒：打這張。

四嬸婆：打象噢？將士吃一個，打這一支。

二嬸婆：（對女兒）你哪會打那支呢？

四嬸婆：她這樣打對啦。

二嬸婆：給你吃當然對。

四嬸婆：照牌理打嘛。換你了，阿蓮。

四嬸婆媳婦：（以下簡稱媳婦）稍等一下。我要看一下。媽，你打
　　　　　什麼？

四嬸婆：我打馬。（看她牌）很簡單嘛，你沒得吃沒得碰，摸牌啦。

二嬸婆：你就可以看你媳婦的牌？

四嬸婆：你可以看你女兒的，我就不能正正當當地偷看。她不會稍給
　　　　　她教一下，不然要等到天光？

淑　芬：（低語）又快要吵架了。

林　母：（低語）每年攏是這樣。

女　兒：（對林母）阿嫂，你來替我玩啦。

林　母：不行，我這沒閒的。

二嬸婆：（對林母）阿寶仔，你緊來打，碰到這兩個低路的，快要魯
　　　　　死！

林　母：好啦，二嬸婆，我有閒了隨來。

二嬸婆： 攏嘛是那塊三嬸仔死得太早，壞得我們現在要打十胡仔攏沒
處找腳。

四嬸婆： 人都死了四五年了，你每年還在那罵她。換你了，打牌啦。

二嬸婆： 我哪有罵她？你們大家給我聽看看。我怨嘆她早死，敢是罵
她？

其他人： 不會啦。

女　兒： 沒啦，媽。你怎麼會。你打啥？

二嬸婆： 她死以前我們兩個就有好多年不講話了。現在人攏死了，我
罵她做啥？死人最大，我怎敢罵她。

四嬸婆： 好啦，如果不罵她，就不要一直講她死了她死了。

二嬸婆： 死了就死了，不然還活著？敢講我多講幾句她還會再死一
遍？

四嬸婆： 你們大家給她聽聽看，這不是罵她是啥？

其他人： 沒啦，沒啦。

媳　婦： 沒啦，媽。二嬸婆不是那個意思。

二嬸婆： 她先生早死當然是可憐，但是她也不能亂變（台語：惡
搞）。

四嬸婆： 她哪有亂變？

二嬸婆： 哪有沒變，一間報關行又一隻船不是給她變到沒去？不會做
生理又想要跟人家投資這投資那，想說做股票會賺錢。結果
──

四嬸婆： 這你知影啥？她會這樣做是因為她被別人倒去──

二嬸婆： 照她那樣做代誌，不被人倒，自己也會倒。

四嬸婆： 你話怎麼這麼講？

　　二人繼續吵下去時，林母插話。林母邊講邊走到三樓平
　台。同時，打牌的四人靜止不動。

林　　母：其實，二嬸婆愛講別人，她那一房的二間酒店也是給她兒子
　　　　　賭博賭輸去的。
淑　　芬：媽，敢不是要講重點，你又要在拖延。
陳　　　：無所謂，你們想什麼就講什麼。
淑　　芬：你不是還有事嗎？
陳　　　：沒關係，我不——
林　　母：對嘛！哪有什麼重點不重點。要抓賊仔，每一項代誌、每一
　　　　　個人攏是重點，對不對，陳先生？日本那個推理劇每一次
　　　　　搬，結果攏是最不重要的變成最重要的，對不對？
陳　　　：對，對，沒關係你們就盡量想。
林　　母：欸，稍等一下。我忽然間想到，怎麼一大堆毯仔和棉被攏搬
　　　　　出來給她們披。
淑　　芬：我搬的啦，她們攏講寒啊。
林　　母：你從哪裡提的。
淑　　芬：有的從三樓，有的是從你房間提的。
林　　母：從我的衣櫥提的？
淑　　芬：不然要從哪提？是安怎啦？
林　　母：沒了，沒代誌啦。你今天到底有沒有進去我的房間？
淑　　芬：有啦。我看你房間沒鎖，就進去替你整理棉被。
林　　母：你剛才不是講沒嗎？
淑　　芬：我哪有。

林母有點不解地看著淑芬。淑芬走向舞台右的麻將桌。同
時，四個男人從右上，走到麻將桌，坐下來做打牌狀。

淑　芬：你們打多大的？大家看起來那麼緊張。

宏　量：三百一百，對插又對飆。

淑　芬：驚死人，自己人還打那麼大！

男子甲：自己人也是照殺啊！

淑　芬：人家那些老大人（台語：老年人）打這小的。

宏　量：他們是山頂洞人，怎麼能跟我們現代人比。我人吃到快要五
　　　　十了，做什麼感覺最爽，你們知沒？

淑　芬：阿兄又要講黃色笑話了。

宏　量：有女士在場我怎麼會講黃色笑話。

男子乙：你錯了，阿兄，現在查某比查甫還會講黃色笑話。

男子甲：三條。

男子丙：碰一下。

宏　量：你們這一代我不了解。我是講，稍等一下，五筒要碰。我是
　　　　講我吃到快要五十歲了，打麻雀最爽。

男子甲：是安怎講？

宏　量：打麻雀就是四個人在比武同款。每個人提出他的武器，有刀
　　　　有槍，攏沒要緊，反正打麻雀的目的就是要贏錢嘛，對不
　　　　對？敢講有人打麻雀是為了輸錢的？道理就在這：大家都很
　　　　坦白。不像生理界，同款是大家坐一桌，每個人都假仙假
　　　　怪，嘴講的是一套，心裡想的又是另一套。明明大家也都是
　　　　麼要賺錢，但是講的攏是：「這次我甘願賠錢做，因為我要
　　　　交你這個朋友。」

男子丙：阿兄，換你了。

宏　量：噢，你打啥？（摸牌）來！嘴開開！

男子丙：啥拉！

宏　量：吃屎！（注：西風）這個啊，政治更加可怕。國語在講什……
　　　　…滿嘴什麼……

淑　芬：滿嘴仁義道德。

宏　量：對，滿嘴仁義道德，暗地裡男盜女娼。用這一次選舉來講
　　　　吧，老子就不願去選。為什麼？不爽嘛！每個想參加政治的
　　　　人攏是同款。講一大堆什麼「各位父老兄弟姊妹」，講什麼
　　　　為社會服務。選上了以後他就變成大爺，還什麼尻川服務，
　　　　他們根本就是要權力，要賺錢嘛。這我是看在在的啦……聽
　　　　牌了，小心一點噢，不見的不打噢……就拿這次那個弊案來
　　　　講，這是人所講的一葉什麼？

淑　芬：一葉知秋。

宏　量：對，一葉知秋。冰山的……

淑　芬：冰山的一角。

宏　量：……的一角。

男子甲：你好像國文老師。

宏　量：我們這個國家早就被這些作官的偷提到快要倒了。

男子乙：發財！

宏　量：碰！

男子丙：到了！

宏　量：誰打的？

男子乙：阿兄，你打的。

宏　量：我哪會打那一支呢？顧講話——

男子甲：阿兄，爽就好嘛！

　　門鈴聲響，淑芬走到舞台左前方去應門。淑芬下。同時，
打牌的四人將麻將桌椅搬移至舞台正中央，迅速地將方桌
變成圓桌，並將桌面反過來，正面的麻將因已黏死而不致
掉下，反面呈現老人茶具一套。四人從右下。
　　淑芬與一名中年女子上。同時，一樓平台出現三名男子：
男子甲坐在沙發上，宏德坐在椅子上，清水蹲在角落。

中年女子：恭喜，恭喜大發財。

淑　芬：阿嬸，恭喜。

中年女子：歹勢，歹勢，慢一步到。雨落太大，車歹駛。

淑　芬：緊入來坐，大家攏吃飽了。

中年女子：沒要緊，我吃飽才來的。

　　林母插話。兩人停止動作。之前，宏寬已走出衣櫥，往三
樓平台的方向走去，手裡拿著手銬。

林　母：這塊每回總是拜好才到，沒一次有誠意的。免來卡好。

**陳　　**：她是誰？

淑　芬：（恢復動作）我四嬸婆大兒子的太太。

林　母：這個查某最沒見笑！

**陳　　**：伯母跟她有什麼過節？

林　母：什麼是過節？過節是什麼？

淑　芬：我媽媽曾和這個嬸嬸因為錢的事情鬧得不愉快。

宏　寬：這有什麼稀奇，我們家爲了錢幾乎和每個親戚都吵過架。

林　母：嚇我一跳，你哪時起來的，我怎麼不知影？

宏　寬：我早就上來了，站在門口很久了。

林　母：你不是講不要聽我講？

宏　寬：是啊，不過我想想，我最好在，怕你隨便吹牛。

　　　　宏寬將手銬還給陳。

林　母：你哪會有那款物件？

宏　寬：（對陳）多謝啦。（對林母）我給他借來玩的。

林　母：那有啥好玩的。

　　　　陳將手銬放在口袋內。

陳　　：不謝。

宏　寬：哪裡可以買到一副？

陳　　：嗯……

林　母：你買那個做啥？你又不是……

陳　　：好玩啊。不是啥？不是啥？

林　母：欸，剛才講到哪裡了？

陳　　：你和一個親戚有不愉快的事情。

宏　寬：陳先生，你好像越聽越有興趣嘛。

林　母：我給你講，代誌才多呢！當初他們爸爸生理失敗的時陣，欠
　　　　一些親戚淡薄錢，也欠他四嬸仔大兒不知是五十萬還是六十
　　　　萬。我和他們爸爸有一次爲了避風頭，跑到他們家借住一

眠。你知影這個查某有多酷行嗎？她面笑笑著講：「沒要緊，隨你們住。」講完一回頭，跑到房間打電話把所有我們欠錢的親戚叫來。自己的大哥呢！她這款代誌做得出來！而她沒有她先生的同意，她敢打這個電話！哼！如果要講做賊仔，她最可能。

陳　　：是的，我會記住。

林　母：我每次看到這個查某就心肝內一把火。有夠沒水準，看她穿那款衫就知影。頂頭是紫色的外衫，下腳是橘子色的短裙，外面是咖啡色的大衣。四五十歲的人了，穿得像個猺查某。

淑　芬：媽，她是穿卡花了一點，但是哪有那麼誇長。

　　　　淑芬邊說邊走到中年女子身旁，用力拉扯她的衣服，一瞬間，女人的服裝馬上變了樣。
　　　　中年女子恢復動作。林母走向她。

林　母：哇，我們這個越來越少年了，雨落得這麼大還穿得這麼水！

中年女子：那有啦。一些人呢？

淑　芬：那些查某在我媽房間開講。

林　母：查甫的不是打麻雀，就是在吃茶。

中年女子：我也來去跟那些查某講一下。

林　母：來，我帶你來去。

　　　　林母、淑芬、中年女子一起走向一樓平台後面，進入暗處。
　　　　一樓平台上的三人開始聊天。同時，宏寬也慢慢走向一樓

平台，最後靠在百葉衣櫥旁。

男子甲：這幾年景氣一壞，大家攏走去大陸做生理。

清　水：你話講倒了，是大家攏去大陸投資，景氣才會壞。

雖然兩人都以宏德爲發表議論的對象，宏德似聽不聽地坐在椅子上抽悶菸。同時，林母和淑芬出現於二樓平台。

男子甲：你話才是講反了。不去大陸投資景氣會更卡壞。不過噢，這幾年去大陸已經未赴了（台語：來不及了）。

清　水：大陸不能去。

男子甲：去玩敢講不行？

清　水：大陸人每一個攏共產面共產面的。

男子甲：你去看風景，你管它是什麼面。是講噢（台語：語助詞），大陸什麼最好玩你知沒？

清　水：什麼？

男子甲：阿德仔，大陸什麼最好玩你知沒？

宏　德：什麼……

男子甲：大陸查某最好玩，你如果有錢，你要找多水就有多水，要找幾個就有幾個……

宏　德：（半自言自語）……有一次我去廈門大學開會。坐在旅館的lobby等車。有一個本地人向我搭訕，問我有幼齒的落翅仔要不要，我沒睬他，他還繼續講。他說台灣的查甫尤其最喜歡幼齒的，我還是沒睬他，他又講了一大堆，我越聽越煩，就用英文告訴他，我不是台灣來的，我是美國華僑……

　　男子甲搞不清宏德是否有意諷刺他，一時不知該怎麼反
　　應。

清　　水：大陸管它去死，台灣卡重要啦。我給你們講一件代誌，你們
　　　　　坐好噢。

男子甲：又是什麼大代誌？

清　　水：今年，差不多舊曆六月的時陣，台灣會有經濟大風暴！

男子甲：清水啊，你好像是一個未卜先知的算命仙噢。每年過年你就
　　　　　有天大地大的消息要宣佈。去年你講大陸會打來——

清　　水：有啊，去年不是有一隻大陸的船在台灣登陸？

男子甲：那怎能算是大陸打來了？那一隻全是一些餓得要死的難民船
　　　　　呢？

清　　水：他們是前鋒部隊啊！

男子甲：前鋒你一塊尻川啦。去年的去年你又講過啥？你講什麼台灣
　　　　　會有十級地震。

清　　水：哪沒?! 台北四級，花蓮三級，台中三級，加起來不是十級？

男子甲：明年你又要講啥？台北會落雪？

清　　水：那我三年前就講過了。

男子甲：還是什麼？是不是我們要反攻大陸？我看你是真的越吃越番
　　　　　癲……你的名叫清水，我看你頭殼的溝仔內底都是烏泥。

清　　水：不聽隨你，到時陣免講……

　　一樓平台漸暗。宏量從舞台後面走向站在二樓平台的林
　　母，同時，一樓平台的男子甲走向舞台中央的圓桌；另有
　　男子乙從舞台右上，也走向圓桌。

宏　　量：媽，你稍來一下。幾個阿叔有代誌要跟你參詳。

林　　母：什麼代誌？

　　　　　兩人走下二樓，走向在圓桌喝茶的男子甲、乙。

男子甲：阿嫂，你來得正好。我們土城那一塊土地講了安怎？是要賣
　　　　還是不賣？

林　　母：別講那些。三嬸婆她大兒子不簽字。

男子乙：為什麼不簽字？

林　　母：他就是那種死人款。我就照我跟大家講的跟他講又再講過，
　　　　講到有嘴無涎，他不簽就是不簽。我就講，土城那一塊土
　　　　地，四房分一分一家也只有幾十坪而已，也沒法度做什麼，
　　　　只有大家作夥給它賣掉才有路用。他就一個死人款不簽字，
　　　　你要去死給他。

　　　　　此時，清水從一樓平台走向舞台中央。

清　　水：你們在講啥？

宏　　量：阿叔仔，在講土城那一塊土地啦。

清　　水：沒赴啊啦，大風暴就要來了。

林　　母：這跟風颱有什麼關係？

男子甲：免睬他啦。

男子乙：不簽字也要有個理由啊？

男子甲：就是啊，現在只剩下他而已，那塊地不趁現在賣掉，要等到
　　　　哪時？

林　母：他就講當初分地就不公平，他這一房分得最少。

清　水：……沒赴了……去講去了（台語：完蛋了）。

男子乙：這講什麼猾話？當初大家講好的，看每一房有多少兒子照人
　　　　頭來分的。這有什麼不公平的？

男子甲：我知影啦，他是嫌他們查甫的少，只有二個，分得比較少。

林　母：對啦，他就這番的。他講，本來要照幾房來分，不是說哪一
　　　　房有幾個囝這樣啦。

清　水：……喝西北風吃西北雨……

宏　量：有夠番的番。每次跟他講代誌，不是這不對，就是那不對。
　　　　總講一句，他就是貪心啦！當初我阿爸要做祖墳的時陣要大
　　　　家出錢，他們那一房也反對，講什麼錢不應該每房攤，要照
　　　　每房兒子的人數來算。

男子乙：完全無道理。

　　　宏寬插話，眾人繼續講話，但不出聲。

宏　寬：每年都是這樣。

陳　　：什麼意思？

宏　寬：我是說每年都是哪一家沒來，就是那一家倒楣，成為大家攻
　　　　擊的對象，而且每年都是為了分贓不均在翻舊帳。

　　　眾人講話又出聲了。

清　水：大兒不在了。

林　母：講什麼——

男子甲：他只有這句話講對了，要是講大兄還健康的話，誰敢假猾。

林　母：啊，免講——

男子乙：沒不對。大兄做人正直，講道理，以前攏嘛是大兄一句話什
　　　　麼代誌攏解——

　　　　男子乙話還沒說完，林母不耐地轉身走回三樓平台。四個
　　　男人先是僵在原地，然後以慢動作地方式分別從四方下。

林　母：好了，免講太多。可以下結論了。我的結論是每個人攏有嫌
　　　　疑。

宏　寬：不對！我認為沒有一個人有嫌疑。

林　母：你要給我氣死啊？我講東你就講西，自小漢就是這樣。

淑　芬：好了啦，聽聽陳先生講一下。

**陳　**：我剛才聽了一下，一時當然不能確定小偷是誰。但是，伯母
　　　　說得對，每個人都有嫌疑。所以多聽一些對我有幫助。只要
　　　　鎖定一些對象，再回去查他們的背景，尤其是財務狀況，事
　　　　情可能會水落石出。

宏　寬：不必查了。他們看起來都很闊氣，穿義大利皮鞋，開進口
　　　　車，拿大哥大，其實大家都是虛胖，口袋只有空氣。

**陳　**：你怎麼知道？

宏　寬：憑直覺——和我們林家的興衰史。

林　母：這點，阿寬還真厲害講得真對。如要講有錢還是沒錢，我們
　　　　這些親戚沒有一個像以前那麼有錢。你給它看，我們第一房
　　　　的造船廠、旅館攏沒去了，其他那幾房也是同款，祖產全部
　　　　攏沒去了。不是我愛講——

宏　寬：你就是愛講。

林　母：要你管！不是我愛講，別家的祖產大部分攏是給他們揮霍掉
　　　　的。不是愛博，就是愛開查某。只有我們這一家，攏是被人
　　　　害的。

宏　寬：可是過年那一天——

林　母：免講過年那一天的代誌。

陳　　：過年那天到底發生什麼事了？

林　母：講起來嚇死症，還是不要講卡好。

陳　　：伯母，如果有什麼隱私，我會保密，這點請你放心。

宏　寬：噯，你真的是越聽越有興趣噢。

陳　　：也不是。這完全是為了辦案，講講那天發生的事對我會有幫
　　　　助。

林　母：什麼幫助？敢講我自己的孩子會偷提我的物件？

宏　寬：很難講噢，報紙上常常看到兒子為了一點仔錢殺死他父母
　　　　的。

林　母：不可能。我的囝仔絕對不會做出這款沒見笑的代誌。如果真
　　　　的是這樣，我甘願一頭撞死。又再講，沒有人知影我有珠寶
　　　　箱。

陳　　：事實是：東西被偷了。這表示有人知道珠寶箱這件事。我們
　　　　有很多秘密以為沒人知道，其實別人早就知道了。

林　母：不管什麼，沒什麼好講的。

陳　　：你們還是講一講過年那天的事情給我參考。這是初步調查，
　　　　什麼都得列入考慮。

林　母：免講了！我要進去躺一下，時間不早了。你們也好休息了。

　　　　林母走到二樓平台後，隱入暗處。

宏　寬：話說除夕那天──沒酒啦。我先去拿酒，再回來慢慢道來。
　　　　保證比八點檔還要精采。
淑　芬：不要再──（宏寬已不見人影）

　　　　宏寬走到二樓平台後，隱入暗處。淑芬和陳邊講邊走到二
　　　　樓，坐下。

陳　　：你媽和小弟還真會抬槓。
淑　芬：你不要以為他們在吵架，他們最喜歡一搭一唱，好像唱雙
　　　　簧，好有默契。

　　　　沉默。

淑　芬：搞到三更半夜，真不好意思。
陳　　：沒關係，我本來就想打電話找你。
淑　芬：有事嗎？
陳　　：我想……想跟你談談……我想……我們需要談一談……
淑　芬：我也想找你談。沒想到家裡碰到這種事，我媽又硬要找你來
　　　　……
陳　　：沒關係，我的親朋好友家裡遭小偷也都找我……對了，我突
　　　　然想到一件事。
淑　芬：什麼事？
陳　　：你記得以前有一次你偷偷帶我回家？

淑　芬：哪一次？

陳　　：我們倆在你和你妹妹的房間，你爸媽突然回來，把我嚇得魂都飛了，穿著內褲躲在衣櫥不敢出去。

淑　芬：對了，我也嚇壞了。十幾年前的事了，你怎麼突然想到那一天？

陳　　：那時候你父母正在吵架，我當時聽不太清楚，也聽不太懂。後來你告訴我，他們是為了你們一個阿姨在吵架。好像是他先生，也就是你的姨丈做生意倒了，欠你們家一些錢。跑到你們家躲債，結果你媽偷偷跑去打電話叫一大堆親戚來捉他們，事後你爸爸氣壞了。

淑　芬：我都忘了。

陳　　：我也不知道，只是剛剛你媽提到和一個嬸嬸有什麼過節，我當時就覺得好像哪裡聽過，可是一時想不出來，到後來才……只是兩個故事很像，又不太一樣……

淑　芬：我不曉得，家裡的故事聽太多，早就搞混了。

陳　　：可能是我聽錯了。

淑　芬：你剛才說有事情找我談。

陳　　：嗯……

宏寬從暗處走上二樓平台，一手拿著酒瓶，一手拿著酒杯。

宏　寬：來，本吳樂天有酒了，開始講古……搞不好等我故事講完，小偷也抓到了。不過，這一來小偷搞不好是我媽最信任的人，這不就太絕了嘛。

淑　芬：幹嘛一副幸災樂禍的樣子，你至少還是家裡的一份子。

宏　寬：家到底是什麼碗糕？是給人有安全感的地方？還是一堆人被
　　　　迫有血緣關係，不得不生活在一起？你們到底要不要我說？
　　　　不然我可以到樓下喝酒，管他媽的什麼「漩尿」不「漩尿」
　　　　的。

淑　芬：你是不是有一點醉了？

陳　　：我這裡有一瓶解酒液。

宏　寬：眾人皆醒我獨醉⋯⋯阿姊，我知道你也很鬱卒，可以學學我
　　　　──和陳先生──喝喝酒試試看。有時候，透過酒精看世界
　　　　的效果是負負得正，所有歪的都變成正的⋯⋯怎麼樣，要不
　　　　要我說故事，趕快決定。

陳　　：你還是說說看吧。

　　　　宏寬開始述說往事，背後幽幽傳來變奏兒歌《甜蜜的家庭》
　　　　的音效。

宏　寬：從前，古早以前，有這麼一個可愛的家庭。爸爸出身豪門，
　　　　學富五車。也沒有學富五車，只是少年遊學上海，光復後順
　　　　利進入台灣大學──也就是我被退學的那一所──爸爸講一
　　　　口標準的上海話和普通話，還有琅琅上口的日文，在他那一
　　　　代台灣人當中，如此的背景無人能望其項背。在一個偶然卻
　　　　又命定的場合，爸爸認識了媽媽──

淑　芬：要你講過年的事，你扯那麼遠幹嘛？

陳　　：沒關係，讓他照他的意思說。

音樂轉成《雨夜花》的變奏版。

宏　寬：當時正是抗戰時期，美軍轟炸台灣打日本，飛機丟炸彈像下
雨一樣。不幸的是，很多台灣人被本來要炸日本軍的砲彈炸
死，成了無辜的雨夜花。其中之一只是個學生，是爸爸至交
的妹妹，也是媽媽的同窗好友。就在為死者守靈的一個晚
上，爸爸認識了媽媽。兩人相愛而結合，追求過程不詳，暫
且不表。媽媽的父親，也就是外公，也有來頭，但他不是什
麼市議員或企業鉅子，他是當時七堵地方上小有名氣的大哥
大。結果，黑白兩道成親家，白的抹黑，黑的漂白，有點像
今天的政治。兩人婚後幸福美滿，可惜和中國歷朝歷代一
樣，好景不常，而且一蹶不振，不但造船廠倒了，還欠債累
累，從此帶著五個小孩過著流離失所的日子。在這期間，兩
人常常為缺錢爭吵，但令人佩服的是，雖然每次吵架兩人都
口口聲聲喊著離婚，兩人還是相依為命，白頭偕老。這對現
代離婚像換內褲的年輕人是很不可思議的事情。不知道是上
一代的悲哀，還是下一代的恥辱。爸爸一生失意，失敗又爬
起來，爬起來只為了再失敗。終於，在民國七十九年，爸爸
因三度破產二度中風，從此再也爬不起來了。媽媽沒有爸爸
的學識，但爸爸沒有媽媽的精明。爸爸打牌只懂理論，媽媽
從小就有麻將博士的封號。隨著社會的變遷，媽媽也跟著變
了。以她小小的本錢，媽媽投資——應該說是投機——房地
產、股票、大家樂、六合彩。沒有幾年，媽媽變成了人人歆
羨的富婆。四年前，在沒有人知道的情況下，媽媽以長子的
名義高價買下了這一棟很土的「洋房」。產權雖在大哥名

下，但媽媽聲明房子是三兄弟的。鑑於最近房地產行情波動
的情況，兩兄弟——我不算數——決議力勸媽媽及早將房子
脫手。過年晚上——也就是故事的主題——

宏寬快講完時，邊講邊走上二樓平台。同時，宏德從他一
直坐著的地方走向二樓；宏量也從後方走上二樓。宏量坐
在長形沙發上，宏德坐在單人沙發。宏寬兀自站在角落，
手上還是拿著酒杯。

宏　德：……我有一個朋友，他爸爸得到癌症，快要翹還沒翹，拖了
　　　　一年多。我朋友不忍心看他爸爸那麼痛苦，不知道從哪裡找
　　　　到一種中藥，他聽人講藥吃下去，病人一點都不會覺得痛就
　　　　得到解脫了。但是，他一直不敢給他爸爸吃，跑來問我……

宏　量：你講這個故事是什麼意思？

宏　德：我哪有什麼意思，我只是講一個朋友的故事——

宏　寬：二兄的意思真明顯啊。

宏　量：卡差不多一點，要是給媽媽聽到你就知死。

宏　寬：媽媽當然會講絕對不行的。但是她心內安怎想，我就不敢說
　　　　了。

宏　量：居去！

宏　德：（對著宏寬）咱們這個大兄講話越來越像阿爸了。

宏　寬：（對著宏量）你可以跟媽媽比看看，看誰卡像。

林母正巧出現，走上上二樓平台。

林　母：比什麼？卡像誰？

宏　寬：沒啦，嗯，我們是在講媽少年的時陣，是卡像阿信還是阿香。

林　母：攏沒像，她們哪有我水。

宏　量：哪有比的，沒得比的。當然嘛是媽媽最水。

林　母：你們怎麼不看電視？現在不是有特別節目嗎？

宏　寬：特別節目特別難看。每年不是多的龍多鏘，多的龍多鏘，就是損死，損死，損死你（注：台語「損死」與「恭喜」音似）。

林　母：（笑著）死囝仔賊，新年頭哪可以講不吉利的話。那沒嘛也可以看日本節目，今天好像有「紅白對抗」。

宏　寬：看別人對抗要做啥？還不如自己對抗。

宏　量：媽，你稍坐一下……我有……我們有一件代誌要和你參詳。你……你稍聽看看……

林　母：什麼代誌？

宏　量：這間厝的代誌。

林　母：這間厝有什麼好參詳的？

宏　量：媽，最近房地產景氣壞你也是知影的。也聽講景氣還會再壞——

林　母：壞隨它壞，跟這間厝有什麼關係？

宏　量：我的意思……我們的建議是……想說在景氣還沒太壞之前……想說……建議你把厝……賣掉。

林　母：賣掉！你講什麼猾話？為什麼要賣掉，是——

宏　德：媽，這間厝太古了，光線不好，還漏水，地點也不太好。根本就不適合——

林　母：越古越好，你知影啥。你們要知影噢，當初我找這款厝找多
　　　　久你們知沒？這間厝和我們以前基隆的舊厝可以講是一模一
　　　　樣呢。這地點有什麼不好，這是商業區，景氣再怎麼壞，我
　　　　們這邊也不會受影響。

宏　量：媽，你全街給它看看，每一間的樓腳都在做生理，只有我們
　　　　家全天鎖著鐵門，樓腳只住阿寬一個人，實在浪費。不如我
　　　　們把那筆錢，提來投資做什麼——

宏　德：投資什麼？

林　母：你們不知影我的計畫，這我早就想過了。我準備兩三年以後
　　　　開一間骨董店。

宏　德：媽，拜託一下，千萬不要再做生理了。我們家做生理沒一次
　　　　成功的。

林　母：我又不是你爸爸，我偏偏要做一次給你們看。噢，我還沒
　　　　死，你們就在肖想我這一間厝。人講，養兒罔罔，沒有錯，
　　　　是安怎，我活太久嗎？

宏　量：我們絕對沒有那個意思。

宏　德：我們只是講希望你把這間厝賣掉，然後用同款的錢去買一間
　　　　卡新卡現代的厝，這嘛是為你好啊。

林　母：免講得那麼好聽，攏是為我好。我知影阿量在想什麼。

宏　量：媽，你是在講啥？

宏　德：媽這你放心，我一定會把賣的錢提來去買厝，不會給大兄提
　　　　去——

宏　量：你話講到哪裡去？

林　母：好了！免又再講了！我厝不賣就是不賣。我準備要死在這間
　　　　厝內。

宏　德：這間厝到底是好在哪一點？也不是祖產——

林　母：厝是我用自己的錢買的，對我來講就是祖產。你們要是這麼
　　　　討厭這間厝，以後攏免給我回來。

宏　德：媽，爲什麼每次好好給你講代誌，你就變成這款。

林　母：什麼款？你以爲你現在是大學教授，可以教訓我了。

宏　德：我哪有啦？我只是希望大家好好講嘛。

林　母：免講啦！這間厝是我的，怎樣處理是我的自由，你們沒資格
　　　　講話。

宏　德：你不賣我們也沒法度。不過，我眞的給你拜託，不要再開什
　　　　麼骨董店了。

林　母：店要開不開也是我的自由，你免給我管。

宏　德：我們家失敗得還不夠悽慘嗎？你又不欠錢，爲什麼要冒險？

林　母：你哪知影我有欠還是沒欠錢？

宏　德：你是講欠錢用，還是欠人錢？

林　母：我欠錢用也欠人錢。

宏　德：你欠誰錢？欠人多少？

林　母：你問阿量。

宏　德：阿兄，到底是安怎？

宏　量：媽爲了買厝，跟銀行貸款——

宏　德：這我知影——

宏　量：還跟朋友借錢。

宏　德：總共借多少？

宏　量：銀行五百萬，外頭好像差不多三百萬。

林　母：四百萬。

宏　德：銀行怎麼會這麼多呢？當初不是才貸款三百萬？

宏　量：後來又換銀行加貸二百萬。

宏　德：外頭怎麼會欠人那麼多呢？是跟誰借的？

宏　量：跟親戚還有朋友，有的是媽媽的朋友，有的是我的朋友。

宏　德：歷史又重演了。這款代誌為什麼不跟我講一聲？

林　母：跟你講有什麼路用？

宏　德：我至少會叫你不要再向人借錢。

林　母：不借錢，我轉不過來。

宏　德：你不是有很多股票嗎？長安東路不是還有一間小套房在租人嗎？

林　母：我股票的錢賠得差不多了，長安東路那間早就賣掉了。

宏　德：哪時候賣掉？錢呢？

林　母：（同時）錢已經賠在股票上了。

宏　德：（向宏量）這些你攏知影？（宏量點點頭）你為什麼沒擋媽跟人借錢？

林　母：他哪有可能。他自己做生理有時候欠錢，還得跟我借去轉，我知影他為什麼要我賣這間厝……不對啊，你以為你是誰？用這種口氣跟我講話。你以為一個月給我二萬塊就夠我用了？就可以講話卡大聲是不？這間厝每個月的水電錢多少你知影嗎？我有我自己的開銷不講，還要飼你阿爸和淑芬，還有那個（指著宏寬）廢人，一個月加加減減，總共開銷多少你知沒？

宏　德：你開銷大，敢講是我逼你的？總講一句，幾十年來，我們家一點也沒變。爸爸在是這樣，爸爸不在同款這樣。

林　母：你在講什麼？講得好像你爸爸已經死了。

宏　德：我沒那個意思。

林　母：你爸爸就是沒那個賺錢命，但是我——

宏　德：這個跟命沒關係。

宏　量：哪會沒關係？跟以前一樣，爸爸最後一次倒也是因爲先被人家倒。我當時跟爸爸一起做的，我很清楚。你一世人覕（台語：躲）在學校內，不懂就不要亂講。

宏　德：你們以爲我只會讀冊教書？我青暝？不知影公司是安怎倒的？你當然最清楚：公司是你和爸爸給揮霍倒的！

林　母：你給我居去！

宏　德：我偏偏要講。你們那時候安怎過日子的，以爲我不知影？天天在外面喝酒，講是陪日本客戶，其實都是騙人的，有一陣，爸爸甚至還在外面飼查某！

林　母：（同時）死囝仔賊！

宏　量：（同時）你卡差不多一點！

　　　　淑芬從三樓平台跑到二樓平台。

淑　芬：你們又再冤什麼啦？

宏　德：當初爸爸的生理不是——

宏　量：爸爸是運氣不好，而且還太信任朋友了。

宏　德：這跟運氣沒有關係。大家只會看他的學歷，他的西裝，根本不了解爸爸。

宏　量：你最了解？那時候是誰跟他在做生理？你一世人攏在讀冊，你知影什麼碗糕？你們這些教書的，根本像和尚一樣，社會發生什麼代誌你們根本就不知半撇。雞蛋一斤多少錢你知沒？豆腐一塊多少你知嗎？吃米不知影米價還講。

宏　德：當初——

宏　量：當初，當初什麼？當初爸爸生理第二次失敗時，你有沒有想到書先不要讀，出去賺錢貼補家用？你有沒有想到你給爸爸是什麼面色看的？我就不想講你……我們家裡就是你最自私。一世人就顧著自己的什麼理想，從來不管家裡的死活。

宏　德：我的看法跟你們的不同就變成我不管厝內的死活？

宏　量：我問你，當初我們家最悽慘的時陣，你為什麼一定要那當時出國，增加厝裡的負擔？

宏　德：我留下來又能怎樣？去吃頭路，一個月賺二萬給厝內？又有什麼路用？洞那麼大，我賺的錢補得起來嗎？

宏　量：沒有人叫你賺幾百萬，你至少要有這個心——

宏　德：我不想賺錢就算我沒良心？你怎麼知影我沒想過？我就是想過才決定出國的，因為我發覺我們厝內用錢好像用水，不管破產多少次，過得還像是百萬富翁——

宏　量：所以你就可以人走了就算了。

宏　德：不然要我怎樣？大家都以為我只會念書，對其他事都像白癡，我講的話誰聽得進去？我不知道你們在想什麼，好像不欠人家錢會死同款。

林　母：對啦，你最清高！不要欠人錢。當初你要出國讀冊，是誰替你出錢的？我不但標會仔，又向人借錢，才湊出你一年的學費，那當陣為什麼不講話？現在冊讀念完了，做教授，就可以教訓我和你大兄，連你破病的老爸都不放過。

宏　德：我本來就沒路用，只會讀書，不會賺錢。我只希望你們不要再騙自己和別人，講爸爸失敗都是別人害的，爸爸每次失敗都是自己害的！

宏量衝過去打宏德，淑芬和林母忙著拉人。頓時，一團混亂。最後她們才把兩人拉開。站在一旁的宏寬突然笑出來。

林　母：你在笑什麼？你以為兄弟冤家很好看是不？

宏　寬：我在笑我們家。世界天天在變，我們家一世人也不會變，好像每日都在搬連續劇。

林　母：你居去！這內底最沒資格講話的就是你。

宏　寬：對，我是林家的廢人。

林　母：你本來就是廢人！你大兄、二兄都那麼打拚，只有你，開那麼多錢去補習班，結果大學還沒念完就被人退學。本來以為做完兵你會變一個款，沒想到做兵回來更加厲害，吃頭路沒有超過半年的，現在——

宏　德：現在，你是整天覕在衣櫥內底的老鼠。

林　母：阿德！

宏　寬：沒要緊，媽，這本來就是我們家公開的秘密。現在我是厝內的老鼠。

宏寬突然跳出回憶，回到現在。除了淑芬外，其他人都靜止不動。

宏　寬：我突然覺得越講越不好玩。反正大致如此云云這般，僅供參考。跟竊案有沒有關係，我也莫知影了。你就看著辦吧。至於我嘛……

淑　芬：你喝得差不多吧？

宏　寬：只有喝到不省人事才算差不多。因此，所以，我還差多了……
　　　　其實，我們剛開始說要回憶重點，到底有沒有回憶到重點？
　　　　我們真的在捉賊，或者捉賊只是個藉口？我們在捉什麼賊？
　　　　我媽掉了一些金銀珠寶就搞得勞師動眾，把舊情人都找來一
　　　　起翻舊帳。……爲什麼要等到一些「漩尿」掉了，我們才會
　　　　想到有賊……算了……

　　　　宏寬走向二樓平台後面，隱入暗處。

陳　　：你小弟沒事吧？看起來好好的，可是又很怪。
淑　芬：我也不知道怎麼跟你說……
陳　　：他爲什麼老是躲在衣櫥裡面？
淑　芬：我小弟講得很對，你真的是越聽越有興趣了。
陳　　：也不是……只是……有些話有頭無尾，我……我不知道該如
　　　　何判斷。
淑　芬：你現在還真的想抓賊啊？
陳　　：只是……我覺得你弟弟真的很怪……剛才我在樓下他還問我
　　　　──
淑　芬：故事只聽一半很難受吧？
陳　　：也不是……如果你不願──
淑　芬：好吧。既然你都聽那麼多了……我就乾脆把故事講完。阿寬
　　　　剛才故事還沒講完，我想他是講不下去了。那天……後來……

　　　　淑芬和陳對話的同時，宏寬又慢慢地從暗處走回剛才回憶
　　　　時站的地方。

宏　寬：現在我是厝內的老鼠。（說完發出怪異的笑聲）

宏　德：你是在發神經嗎？

宏　寬：你怎麼知影？

林　母：卡差不多一點！

宏　量：你再笑！你再笑老子就好好地教示你！

淑　芬：阿寬……

宏　寬：你要給我教示？阿爸還在樓頂，還沒死呢？你就老子來老子
　　　　去？你知影沒，我自小漢最怕也最氣阿爸了？阿爸一喝酒就
　　　　臭幹亂叫，有時候還打媽媽打阿姊發洩。噢，你以為老子來
　　　　老子去我就怕你嗎？

　　宏量想衝上去打宏寬，被淑芬擋在中間，林母也極力勸
　阻，而宏德一時不知道該幫誰。

宏　量：我打給你去死！

淑　芬：阿兄！阿寬，你就減講幾句。

林　母：好了啦，不要冤了啦！

宏　量：你給我閃一邊去。

　　宏量打不到宏寬更加動氣，乾脆打淑芬一個巴掌。大家為
　這突來的動作嚇了一跳。這時候，阿雲剛好拿著一兩串鞭
　炮上場。

阿　雲：是不是該放炮了？

　　　宏德走過去接下鞭炮，示意阿雲迴避。阿雲下。

宏　寬：了不起！果然有阿爸壓霸的氣魄！你以為阿爸很偉大？阿爸
　　　　是神嗎？為什麼做阿爸的就一定什麼攏對？我們什麼攏要聽
　　　　他的？他講東我們就不敢講西？他帶我們去海邊，叫我們
　　　　跳，我們就跳？

林　母：死囝仔賊，你要造反了是不？

宏　德：我要回去了。

宏　寬：你隨你回去。每次家裡一出事你就想一走了之。你以為別人
　　　　不想溜？你以為我就喜歡待在家裡？

林　母：越吃越不是款。好！你現在就給我死出去！

宏　量：對！你馬上給我出去，看你在外口可以活幾天！

淑　芬：阿寬！免講話了。

宏　寬：我是真的想要搬出去，永遠攏免回來。

宏　量：阿寬，你實在太超過了。自小漢媽媽就最疼你，我們家裡面
　　　　唯一沒吃過苦的就是你——

宏　寬：（根本沒聽到宏德的話）我是真想要搬出去……但是我做
　　　　不到……

宏　量：你什麼攏做不到！你根本是一個廢人。

淑　芬：（發覺宏寬有異樣，兩手不時抓著頭髮、胸前或手臂）
　　　　好了，你們大家免再講了。

　　　淑芬走向宏寬，想扶著宏寬，但被宏寬推走。

宏　寬：我做不到，因為我雖然很討厭我們家，但是我沒有別的地方

可以覗。

宏　量：爲什麼要覗？你在覗啥？

　　　林母突然朝一樓平台的方向行進。

林　母：好，我今天要是不把你的衣櫥拆開，我這個做老母的甘願
　　　　——

　　　宏寬趕緊擋在她前面。

宏　寬：媽，不要啦！
林　母：爲什麼不要？!
宏　寬：媽，拜託你，不要啦！
林　母：爲什麼你講啊！我偏偏——
宏　寬：媽，我給你拜託，你要是眞的把衣櫥拆掉，我就走投無路了
　　　　……
林　母：是安怎會走投無路？你講……你講啊！
宏　量：對啊，你講啊！
宏　寬：你敢要聽？敢要聽？……因爲……我有病啦。

　　　宏寬說完馬上走下二樓平台，然後出現在一樓平台，隨即
　　　躲進衣櫥。同時二樓平台的人繼續講話。

林　母：是什麼意思？他有病？他是在講什麼猶話啦？

短暫沉默。

淑　芬：媽，阿寬眞的有病。

阿　量：是什麼病？哪會沒人知？

淑　芬：我本來也不知。是我離婚了後，搬回來住才發現到。

林　母：你發現什麼？

淑　芬：我發現到阿寬常常在吃藥仔。

林　母：那是我給他的安眠藥啦。

淑　芬：不是，還有別種，三、四種。我感覺很奇怪。問他他就講他
　　　　胃腸不好。

林　母：胃腸藥仔我也有啊。

淑　芬：所以我才感覺奇怪。後來有一天，平常時攏不要出門的阿寬
　　　　叫我陪他去基隆走走，他那個表情就好像在哀求什麼同款
　　　　……剛去的時候，他心情很好，歡喜得好像一個囝仔，我們
　　　　去夜市吃東西，又去碼頭看船。後來，他又講他想要回去和
　　　　平島看看，想要看看我們以前的造船廠——

林　母：造船廠早就——

淑芬講到一半時已走到了一樓平台。這時候，宏寬也從衣
櫥走出，與淑芬進入另一個回憶的時空。

淑　芬：造船廠早就沒去了。

宏　寬：沒去了，為什麼媽還一直講又再講？

淑　芬：媽就是愛講。

宏　寬：不然我們也可以看看我們以前住的樓仔厝。

淑　芬：應該也拆掉了。

宏　寬：說不定還在，還有人在住。

淑　芬：不要啦，不要回去和平島。

宏　寬：要啦，回去看看又不會安怎。

　　兩人說完，只移動一兩步，但從宏寬臉上的表情可以感覺到他們已經到了和平島。

宏　寬：真的沒去了？

淑　芬：我早就跟你講了。

宏　寬：沒去了。連厝也沒去了。

淑　芬：我們回去吧。

　　宏寬急躁地在身上找東西。找不到東西後，不安地來回走來走去。

淑　芬：阿寬，你是安怎啦？

宏　寬：我的藥仔！我沒記帶我的藥仔。

淑　芬：什麼藥仔？

宏　寬：就是我的藥仔！我要安怎……

淑　芬：到底是什麼——

宏　寬：我沒法度了……我快要——

淑　芬：阿寬……

宏　寬：阿姊，拜託你，卡緊叫計程車帶我回家……卡緊點，我拜託你

淑　芬：阿寬⋯⋯

　　　　宏寬蹲在地上，雙手不停地亂抓。淑芬走過去扶他起來，
　　　　把他帶回一樓的衣櫥內。

林　母：到底是發生什麼代誌？
淑　芬：（跳回除夕，邊扶著宏寬邊說話）我後來偷看他的藥包
　　　　仔，才去找他的醫生。
林　母：什麼醫生？
淑　芬：精神科的醫生。原來，阿寬已經在醫生那看了十幾年了。
宏　德：這麼重要的代誌，阿寬，怎麼不跟厝內講呢？
淑　芬：（不理會宏德的問題）我給它算算，阿寬去找醫生剛好是
　　　　他被退學那當時。
林　母：他到底是安怎得要看什麼精神科？
淑　芬：醫生講阿寬有那個恐慌症。
林　母：什麼是恐慌症？
淑　芬：我也不太知影。醫生講是一款會讓人沒代沒誌驚東驚西的
　　　　病。醫生講，這款病可以用藥仔來控制，但是沒法度醫好。
　　　　平常時，人看起來很正常，但是要是恐慌症一起，講來就
　　　　來，會讓人坐也不是，站也不是⋯⋯
宏　量：是安怎會有這款病？
淑　芬：有可能是遺傳——
林　母：什麼遺傳，我們林家的種哪有什麼問題——
淑　芬：也可能是後天的因素。
林　母：什麼後天，後天是什麼意思？

淑　芬：後天就是我們家。

林　母：我們家哪一點不好？

淑　芬：媽，如果你到現在還感覺我們家沒問題，我跟你講這些做
　　　　啥？

林　母：我們家有什麼問題？阿寬有什麼問題？他的問題就是神經衰
　　　　弱，平常時吃鎮靜藥丸，要睏的時陣吃安眠藥就沒問題了。

淑　芬：媽，宏寬眞的有病！你敢無法度承認？

林　母：沒啦，我們家的人攏沒問題，是你在講白賊的。

淑　芬：媽——

林　母：絕對不可能，醫生亂講的。

淑　芬：我得要安怎講，你才會——

林　母：你免再講了，不可能就是不可能。

　　　　遠處傳來鞭炮聲。

林　母：十二點了。你們攏回去吧，我要去睏。（喃喃）還好你爸爸
　　　　中風……什麼攏不知。

宏　量：媽，爲什麼要這樣講。

林　母：不然要安怎講？人中風什麼攏不知，不是最好？你們爸爸比
　　　　我卡好命。

淑　芬：（低語）爸爸現在心內就卡好過嗎？

林　母：你在講什麼？

宏　量：好啦，媽，你去睏。無代誌啦。

林　母：不行，你是在講啥？

淑　芬：媽，我們不要再騙自己了。

宏　量：好了啦，阿芬你就減講幾句會死嗎？

淑　芬：我們攏知道爸爸是安怎中風的……

宏　德：你在講什麼？

淑　芬：爸爸中風是因爲他想要死。（不管宏量和林母的制止，繼
　　　　續以平淡的口氣說出秘密）

宏　德：你到底在黑白講啥？

林　母：你這死囝仔賊，我把──

宏　量：你給我居去！

淑　芬：大家不要再假了。那當陣爸爸第一次中風只是輕微的，醫生
　　　　講要是按時吃藥檢查，爸爸的生命就沒問題……爲什麼他沒
　　　　半年就中風第二次？

林　母：……我哪會知影？

淑　芬：因爲他根本就不在吃藥，我每次帶他給醫生檢查，醫生就跟
　　　　我講有問題，血壓太高，教我得要注意。他講有可能爸爸根
　　　　本就沒在吃藥。

林　母：藥是我每天一包包替他準備的，他有吃沒吃藥我會不知？

淑　芬：他有沒有吃藥，你當然最清楚。我有一次爲了找物件，打開
　　　　爸爸的衣櫥，在他的內衫內褲那一層內底看了一包一包的
　　　　藥，完全沒動。你每天替他準備內衫褲的，當然最清楚了。

林　母：我是最清楚……但是我有罵過他，他根本就不睬我，不吃就
　　　　不吃。我有跟阿量講──

宏　量：我當時自己在走路，根本就無法度回家……不過我有叫你強
　　　　逼他吃啊……

林　母：要怎麼逼？藥放在他面前，他不吃就不吃。

淑　芬：你每天罵他生理做不好就不是查甫人，你叫他要安怎吃得

下？

宏　德：這款代誌為什麼沒人給我講？

淑　芬：給你講又安怎？你那時一聽說爸爸生理又失敗了，就氣得說以後家裡的事你一概不管。爸爸住院那幾天根本就找無人，他出院以後你有回來給他看一下沒？

　　　　淑芬跳回現在。宏量和宏德以慢動作的方式下。林母慢慢走二樓平台後方，沒入暗處。

淑　芬：我雖然在衣櫥發現了那些藥，也很無情地不動生色，那時有一種很奇怪的念頭，只想幫我爸爸得到解脫，或許是我希望他死，自己才可以解脫……到今天我還搞不清楚，我爸爸想死是因為自己不想活，還是發覺我們不管他的死活了……

陳　　：不要哭了。

淑　芬：……故事終於講完了。

陳　　：我倒希望你沒講。

淑　芬：我也有一點後悔……不該講的……

　　　　沉默。林母走出暗處。

淑　芬：媽，你還沒睏啊？

林　母：我得要去三樓提一件領衫。

淑　芬：哪一件，我去提。

林　母：免了。我自己去提，我知影在哪。（對兩人說）時間不早了。

林母走上三樓平台，慢慢走到搖椅旁，蹲在一旁和林父說話。以下林母對林父講的一段話以襯底的方式與淑芬和陳的對話交叉呈現。淑芬和陳邊講邊走向一樓平台。

陳　　：我該走了。

淑　芬：我送你出去。

陳　　：不需要，你去睡了。

淑　芬：沒關係，我想出去透透氣。

陳　　：好像還下著雨。

淑　芬：無所謂。

陳　　：我想我不會再來了。我會請我一個朋友，專辦盜竊案的，明天主動和你聯絡。

淑　芬：好，謝謝。不過，我想小偷是誰恐怕是查不出來了。

陳　　：或許吧。在我走之前，我必須跟你承認一件事。

淑　芬：什麼事？

陳　　：以前我們在一起的時候，你爸媽極力反對，我捧著西瓜去拜訪他們，還被你媽趕出去，西瓜掉在地上，滿地血紅的西瓜汁……剛才你媽拿一盤西瓜給我吃，過去的事情……你也因為家裡反對跟我分開。為了這些，我以前曾經懷恨在心。這一次你們家出了事，為了提供線索，跟我講了很多你們家的事。我──我必須承認的一點是，剛聽故事的時候，我有一種奇怪的快感。所以我一直要你們多講一些，名義上是為了捉小偷，其實……其實……

淑　芬：你現在很高興當初沒有娶我吧？

陳　　：我不是這個意思。

淑　芬：我知道，我在開玩笑。

　　　　此時兩人已走上一樓平台。

林　母：……你敢知影我有多累？我每日……

陳　　：……其實剛好相反。

林　母：……你沒能講話，我變做你的嘴，你無法度走路，我變做你的腳——

陳　　：……今天下午我們——

淑　芬：昨天下午。

陳　　：對噢，已經早上了……

林　母：你以前安怎對我酷行，咱們還是夫妻一場……

陳　　：昨天下午我們在一起的時候，我就想跟你談……主要是……

林　母：你以前在外口飼查某……

陳　　：我想……我想跟我太太離婚。

淑　芬：幹嘛？

陳　　：我太太好像知道我們的事。她最近一直跟我鬧，還說要打電話來罵你。

淑　芬：打電話？

林　母：……不管你在外口安怎花，我攏當做不知……

陳　　：你沒接到吧？（淑芬搖頭）我是想，既然她知道了，乾脆跟她明說。因為我想跟你在一起。我……

淑　芬：不行。我昨天就想跟你說了。我們不應該再見面了……

林　母：……這幾年，厝內發生這多代誌，你敢知影……

陳　　：為什麼？

淑　芬：這樣是最好的……

林　母：……敢講我照你的方法教示囝仔也不對……

陳　　：那你以後怎麼辦？

淑　芬：至少我知道，我一定會搬出去。

　　　　一直灑在搖椅的微光漸漸消失。林母做悲傷狀，但不出
　　　　聲。然後，慢慢走向三樓平台後，隱入暗處。

陳　　：我走了。你不要送了。

淑　芬：也好。

　　　　陳從舞台左前下。淑芬隱入二樓平台後方。
　　　　舞台上有片刻空無一人。開場前的水聲音效淡入。
　　　　慢慢地，淑芬與林母從兩側出現於二樓平台。

林　母：阿芬啊，你爸爸去了。

淑　芬：……

林　母：阿芬啊，你還是不要搬卡好啦……

淑　芬：……

　　　　陳全身濕透地走進場。

陳　　：淹水了！

　　　　沒有人聽到他說的話。

陳　　：淹水了⋯⋯

　　陳走向一樓衣櫥，打開百葉門，只聽到宏寬唱歌的聲音。

宏　寬：（旁白）魚兒，魚兒，水中游；游來游去樂悠悠⋯⋯

　　陳無奈地關上衣櫥。

陳　　：出不去了⋯⋯

　　水聲音效漸大。
　　燈漸暗至全黑。
　　落幕。

全劇終

也無風也無雨

家庭三部曲之 2

時間： 第一幕：除夕前兩個禮拜

　　　　第二幕：除夕

地點： 台北

人物： 田明義——田家大哥，五十歲，從事建築業。

　　　　秋　霞——大哥妻子，四十五歲，家庭主婦。

　　　　田明忠——田家老二，四十五歲，耳鼻喉科醫生。

　　　　淑　潔——老二妻子，四十三歲，護膚中心負責人。

　　　　田明文——田家小弟，四十歲，大學教授。

　　　　陳慧嫻——小弟妻子，三十七歲，律師。

　　　　清　水——田父之弟，六十五歲，無業遊民。

舞台

第一幕：

台北舊式公寓底層。舞台右前為前院，地上有扶疏的葉影。凌亂
的院子裡散置一些東西：掃把、畚箕、幾個乏人照料的盆景，及
一大一小的甕缸。庭院正中原有一棵樹，但已被從底部切平，被
當成桌子，桌上置有老人茶具，桌旁有兩張圓形石椅。舞台中間
為田明義家的客廳：左右兩邊各有出口，右邊的出口通往大門及
廚房，左邊的通往公寓其他部分。整體擺設有點凌亂，有點土
味，即有點泥土的味道，也有點台灣人家舊式裝飾的感覺。除了
該有的傢俱，最為起眼的是一幅掛在中間牆上的三流牡丹水彩
畫。舞台左前為一擔仔麵攤，有一竹製四方矮桌及兩張矮凳，有
點鄉土田園的風味。

第二幕：

台北新式大樓頂樓。舞台右前為第一幕的麵攤，擺設如前。中間
區域為田明文家的客廳，左右兩邊亦各有出口：左邊的出口通往
大門及廚房，右邊的通往公寓其他部分。客廳的設計頗為簡單，
頗為現代，顏色不再紛雜，且低調許多。第一幕的牡丹水彩畫已
由美式手織藝術品取代，而第一幕前院的兩個甕缸，此時被當成
裝飾品，呈現出傳統與現代的夾雜。舞台右前為大樓屋頂，有兩

面及腰的圍牆，無任何裝飾物，予人一種空蕩蕩的感覺。

注：

兩幕中皆有脫離「現在」時空的段落，但是這些溢出現在的場景並不是劇中某人的回憶或是所謂的倒敘。導演處理時最好以不著痕跡的方式安排。亦即，讓它們自然溢出流露。又，除了舞台有特別指示外，有些現在之外的場景，可發生於舞台前端的任何一處。

語言提示：

原則上，明義和秋霞兩人對話時，講的大部分為台語；明忠和淑潔之間講的為三分之二台語，三分之一普通話；明文和慧嫻之間講的大部分為普通話。兩人以上的對話則視說話的對象而定。至於較繞口的字眼如「護膚中心」、「美容院」、「恐慌症」、「空屋」、「脾臟」、「肝臟」、「打個噴嚏」、「心臟病」、「打點滴」、「打拍子」、「吹口哨」等等，無論說話的人是誰，用普通話即可。

以上只是提示，導演可以他個人的詮釋或演員的語言能力，來決定採用何種語言。

第一幕

　　客廳燈亮，田明義及秋霞自右上。

秋　霞：還好攏結束了。

明　義：什麼結束了？才開始呢！阿爸的財產——

秋　霞：遺產。人若死了，他的錢就變作遺產。

明　義：隨便啦。阿爸的遺產還未處理，哪能算完了？你以為阿忠仔
　　　　是好應付的？我想到我頭就疼。

秋　霞：你是大兄，大兄就好像老爸，你驚啥？

明　義：大兄好像大兄，這年頭沒人給你知道。時代變了，若是以前
　　　　——

秋　霞：是你沒有阿爸的氣魄，免賴到什麼時代變了。

明　義：我阿爸的威嚴沒人有的，我學了一世人還是沒用。

秋　霞：不然我小妹的代誌也不會——

明　義：我要去洗身軀。

秋　霞：免洗啦。他們隨來了。阿義仔，你有先跟他們講過沒？

明　義：講啥？

秋　霞：借錢的代誌啦講啥。

明　義：有啦。我有跟阿忠參詳過。我給他講阿爸的錢若是分好了，
　　　　希望他借我他那一份。他就講他自己也欠錢。

秋　霞：他做醫生有進沒出在欠「啥米碗糕錢」（注：什麼狗屁
　　　　錢）？

明　義：他講他太太開的那間護膚中心今年賠很多。

秋　霞：那款小生理，會賠多少？總講一句，他就是不借。

美容院就美容院，還叫得那麼好聽，什麼護屁股中心。

明　義：安啦，到時利息給他卡高一點，阿忠那個貪心的一定會借
　　　　的。

秋　霞：那阿文呢？

明　義：我還沒跟他講。若是阿文我就卡有把握。那塊喔，別的不好
　　　　講話，錢的代誌憨憨的。我這個小弟實在是，你有聽過有人
　　　　吃到四十了，還沒跟過會仔的？

秋　霞：讀書讀到頭殼歹去了。他知影我有在玩股票，有一次他問我
　　　　說，我們這些玩股票的是不是攏有什麼恐慌症，怎會社會稍
　　　　微放個屁，股票就會聞到臭味。哪有一個大學教授跟社會那
　　　　麼脫節的！

明　義：也是只有阿文是這樣。別的做老師的現在也這奸巧的，他們
　　　　跟我們買房子的時候，還不是跟大家同款，連便所內底的瓷
　　　　磚一塊幾公分也要計較。人要是衰種瓠仔生菜瓜，種土豆又
　　　　不生花。厝攏蓋好了，哪知影雨下得那麼大，整個大樓歪一
　　　　邊。政府要調查，客戶要告我。幹！塞你娘，全是一些吸血
　　　　鬼！我給你講，我要是再沒借錢來周轉，公司這下子就「去
　　　　講區了」（注：完了）。

秋　霞：你另外一棟樓不是沒問題嗎？

明　義：沒問題有三小路用？一些小間的是賣得差不多了，問題是那
　　　　些四五十坪的沒賣幾間。社會在變了，現在小家庭多，小間
　　　　的卡好賣。幹！蓋了一大堆的厝，結果有一半以上還是空
　　　　屋，要蓋給鬼住的！

秋　霞：我就給你講過了，景氣歹就免蓋。這跟打麻將同款嘛，我最
　　　　討厭那些沒錢又跟人玩，還想打大，又插又飄，沒那個屁股

就免吃那個瀉藥。

明　義：生理的代誌，你們查某人懂啥？我厝若是不一直蓋，我公司
　　　　早就倒了。公司越爛，厝要越蓋，你知沒？

秋　霞：好啦，若要借錢，等一下他們來的時候，剛才發生的代誌，
　　　　就不要再罵了。

明　義：塞你娘！你爸從來沒看過辦一個喪事會出那麼多代誌的。想
　　　　到他們這些少年仔，我就要氣死！阿爸生前是那麼正經的
　　　　人，結果我們給他什麼款的喪事？哪有人在辦喪事的時候邊
　　　　哭邊放屁的！

秋　霞：那是太累的關係。

明　義：大家攏嘛累。那些念經的一開始，我們查甫仔（注：男的）
　　　　就要站在後面陪他們念。

秋　霞：你們只是站著算好的，我們查某仔還得時候一到，就要一起
　　　　跪下來哭。我真正哭的時候沒幾次，大部分攏是假哭的。

明　義：阿霞，這樣真不孝，你知影沒？

秋　霞：不然你來哭看看。我們根本不知影哪時該哭。反正二嬸仔
　　　　講：「卡緊，你們查某仔趕緊去哭！」我們就衝過去跪下去
　　　　一起哭。大家實在是這累，根本哭不出來。二嬸仔就講：
　　　　「這是哭啥米碗糕？哭卡大聲一點！」我們大家就比大聲地
　　　　哭給她看。

明　義：哭得那麼大聲為什麼有人放屁還聽得到？

秋　霞：實在是有夠好笑。

客廳燈暗，庭院燈亮。

明　忠：嚇死嚇症（注：丟臉到極點）！那有哭到一半還會放屁。我的面子攏給你洩了了。

淑　潔：我禁不住嘛。

明　忠：禁不住也要禁。

淑　潔：你去禁看看。我攏嘛邊哭邊放屁，哪知道那一次我放屁的時候，攏沒有人在哭。

明　忠：你平常屁多，我跟你講過是胃腸有問題，影響到大腸——

淑　潔：不是。我一緊張就會放屁，這是心理因素，跟胃腸、大腸、脾臟、肝臟都沒關係。

明　忠：你又在緊張什麼肖？

淑　潔：你不要每次一回到你家，講話就跟你大哥一樣粗魯起來喔！

明　忠：那你到底又在緊張什麼？

淑　潔：我也不知道，就是緊張。

　　　　庭院燈暗，客廳燈亮。

明　義：好了啦，免笑了！

秋　霞：我們因為哭了太多次了，所以大家攏很有默契，有人哭卡大聲點，其他的人就可以哭卡小聲點，大家輪流休息。哪知影有一次默契沒夠，大家攏同時休息，就在那當陣，跪在我旁邊的阿淑就放出屁來，她放的又是那種真小聲好像囝仔在哭的聲音。這樣「幽」的一聲。大家一聽到就盡量忍，一直忍，後來實在是忍不住了，才一起笑起來。

明　義：還笑！

秋　霞：我們一笑就好像放尿同款，一放就禁不住了。二嬸仔才會那

　　　麼生氣。但是她越罵我們越笑。

明　義：嚇死嚇症！

　　　客廳燈暗，庭院燈亮。

明　忠：你就不要黑白亂想——（明忠身上的手機響，接電話）
　　　喂？我是。

淑　潔：誰打來的？

明　忠：（對手機）你等一下。（對淑潔）陳太太。

淑　潔：（不由分說地從明忠手中拿走手機）喂，陳太太嗎？你
　　　好，我是田醫師的太太淑潔啦，你好。我讓你跟田醫師講
　　　話。

明　忠：（接過手機）疑神疑鬼。（對手機）喂，陳太太噢……應該
　　　沒什麼……明天到我那邊打點滴好了……好好，再見。（收
　　　手機）受不了，這些有錢人真是麻煩，隨便打個噴嚏，就以
　　　為有心臟病。

淑　潔：你還是小心一點，不要像上次一樣。

明　忠：上次是病人打點滴後又亂吃藥才出事的，這要怪誰？他家人
　　　想告我！還好有慧嫻，幫我出面解決。

淑　潔：對啦，慧嫻最好。

明　忠：你又幹嘛啦？

淑　潔：「慧嫻，你真能幹，我們家明文娶到你真幸福。」怎麼樣？
　　　你娶到我不幸福嗎？

明　忠：我對她講一句客套話，你也有話講？

淑　潔：客套話要講就光明正大地講，不要兩個人躲在廚房講，不小

心被人聽到。

明　忠：我爲什麼要怕別人聽到？難道我還對我小弟的太太有意思？

淑　潔：這要問你自己囉。

　　　　庭院燈暗，客廳燈亮。

秋　霞：我跟你講喔，你有沒有注意到慧嫻這幾天怪怪的，叫她跪好
　　　　像沒啥情願，跪下去也沒見過她在哭過。

明　義：⋯⋯不管她了⋯⋯

　　　　電話聲響。秋霞走過去接。

秋　霞：喂？（低聲）你等一下。（對明義）你不是要去洗身軀？

明　義：對啊。

秋　霞：緊去洗啊！

明　義：你不是叫我不要去洗？

秋　霞：去洗啦！

明　義：誰打來的？

秋　霞：人啦！

明　義：什麼人啦？

秋　霞：人就是人啦。緊去洗啦！

　　　　明義乖乖走去洗澡，從左邊出口下。

秋　霞：（對電話）幹啥啦？⋯⋯想你個頭啦⋯⋯什麼？⋯⋯結束了

啦……免來這套，誰知道你這幾天去哪裡歪哥？……另天再跟你講……你放心啦，我有我的計畫……

　　客廳燈暗，庭院燈亮。

淑　潔：等一下能不吵架就不要吵架，好不好？

明　忠：我才懶得跟他吵。只要一切合理，我是很好講話。但是，如果他太過分，我就跟他沒完沒了。這不是錢的問題，是原則問題。

淑　潔：反正不要吵架就是了，我從小到大看我爸媽吵了一輩子看怕了。

明　忠：完全看他們的表現了，我大嫂要是太過分，我就把她的垃圾代誌攏總講出來！

淑　潔：你不要亂講，又沒有證據。

明　忠：你不是說是真的嗎？

淑　潔：是真的，可是沒證據。我跟你講，阿忠，你是千萬不要借你大兄錢。兄弟姊妹之間不要有金錢來往，才不會不乾不淨，破壞感情。

明　忠：我知道啦。他的公司就快要倒了，我又不是憨人還借他錢。我早就跟他講過了，說你的護膚中心大賠，我們自己也欠錢，哪有閒錢借人。

淑　潔：我可是沒大賠。

明　忠：我那是藉口嘛。（頓）但是還是賠啊。

淑　潔：也沒賠多少。

明　忠：賠就是不好。我早就給你講過，我不需要你去開什麼美容

院。

淑　潔：不是美容院，是護膚中心。

明　忠：攏同款啦。

淑　潔：你不要我自己有事業，是要我幹嘛？要我每天沒代誌在厝內
　　　　做啥？

明　忠：你不會在診所負責替我收錢？

淑　潔：你就知道我不喜歡醫院。

　　　　兩人往客廳的方向走。

明　忠：對喔，阿淑，這一次我給你拜託拜託，進去到別人的家的時
　　　　候，不要再隨便整理人家的物件。

淑　潔：我們還沒搬出去以前也住過這。

明　忠：搬出去就不是我們家了。

淑　潔：大嫂攏沒在整理，厝內亂七八糟——

明　忠：她要懶惰是她的代誌，你免雞婆。

淑　潔：好啦。

明　忠：等一下，你要替我注意聽，聽看車的警鈴有沒有在響。

淑　潔：我知啦。沒看過人像你那麼愛車子的，我看你乾脆晚上也跟
　　　　車子睡在一起算了。

　　　　兩人開門走進屋內，庭院燈漸暗。客廳燈亮，秋霞還在講
　　　　電話。

秋　霞：……哈哈哈，沒見笑，你這個「豬哥仔」（注：好色的），哪

　　　　有人坐火車坐到爽歪歪——

　　　明忠和淑潔上。

秋　霞：好啦，我這個月的會仔不想要標啦，你替我隨便寫寫，好好
　　　　好，再見。（掛電話。走去招呼明忠和淑潔）門沒鎖喔？
　　　　還好是你們，若是賊仔來了，我們攏不知影。

明　忠：大兄呢？

秋　霞：在洗身軀隨來。

淑　潔：（從皮包拿出錢，交給秋霞）阿嫂，這裡是三千，是過年
　　　　買物件要拜的錢。

秋　霞：免啦，過年還有兩禮拜，你那麼趕緊做啥？

淑　潔：你先提去，不夠我再補你。

秋　霞：免急啦。

淑　潔：先提去啦。

秋　霞：做一起算嘛。

淑　潔：沒要緊了。

秋　霞：（收下錢）也好。

　　　明義正好走出來，已換上衣服。

明　義：你們來了？阿文呢？

明　忠：不知。事情一完，我們三台車就走不同的路線，過了新莊我
　　　　就看不到明文的車了。

明　義：我就叫你們走省道，你們就不信。

明　忠：高速公路卡方便。

明　義：但是顛倒卡慢。結果，你看，那個猜仔到現在還沒來。哼，今天真的是把我氣死。

明　忠：阿兄，阿淑這幾天胃腸不好，才會——

淑　潔：對啦，阿兄——

明　義：我不是講那個。我是講阿文沒大沒小跟二叔相罵的代誌。

秋　霞：沒法度，人攏吃得那麼大漢了，還好像囝仔。

淑潔開始不自覺地整理零散的東西。

淑　潔：你們三兄弟，他的脾氣最壞，二叔才講他沒幾句，他就發性德了。

明　義：唉，沒法度。二叔是稍微卡囉唆一點，但阿文就不堪別人講幾句。

秋　霞：二叔罵他也沒不對啊，哪有人在辦喪事，還是自己阿爸的喪事，不但腳在打拍子，還吹口哨，又不是中猴了。

明　義：我這次是特別跟二叔、二嬸拜託。你們嘛攏知影，那些卡老的像三嬸婆一直講阿爸還沒死，不准咱們辦喪事。他們罵得這歹聽的，講什麼我們三兄弟苦不得阿爸卡早死。

明　忠：基本上，那些老的已經跟不上時代了。而且，若不是拜拜，或是掃墓，我們跟親戚已經差不多沒來往了。上個月我開車和一個騎摩托車的少年仔相撞。兩個一下車，那個少年仔就好像流氓想跟我相打，我就罵他沒教養。後來警察來了，我們的駕照提出來一看，兩個很剛好攏姓田的。姓田的本來就不多，我隨便給他問問，才知影他是四叔大兒的第二個後

生。他還要叫我阿叔呢！

淑　潔：四叔他們那一家口攏是流氓款的，愛吃檳榔不打緊，講話你爸來你爸去的。

明　義：幹！你爸最氣他們的就是，阿爸失蹤了後，他們把阿爸講得這歹聽的。現在阿爸的代誌解決了，你爸我以後也不願睬肖他們。

秋　霞：為了阿爸出山的代誌，我跟你大兄一直跟二叔和二嬸講又再講，給他們保證，一切攏是合法的，做律師的慧嫻已經替我們查清楚了。

明　忠：這一次慧嫻真幫忙。

淑　潔：對啦，她最「猴」啦。

明　義：我還帶六法全書給他們看，跟他們講民法一編第二章第一節第八條有寫，人若是失蹤七年以上，就可以宣告死亡。他們才好不容易答應會來參加。結果呢？他給阿文氣得喪事還沒辦完，他就站起來講這個喪事不算。

明　忠：管他安怎講。理論上，婚禮可以講不算，喪事那有說不算的？

秋　霞：以後免跟他們交睬就好了。

明　義：當然是免交睬最好。我總是想把代誌做卡完滿一點對不？

秋　霞：世間沒有什麼是完滿的。

明　忠：阿淑，好了啦！免擦了啦！

淑　潔：隨擦好，這裡有點垃圾。

秋　霞：哪裡垃圾？

淑　潔：這。

秋　霞：哇，連那個稍微污污的你都看到。阿淑啊，你戴的到底是隱

形眼鏡，還是顯微鏡？

淑　潔：阿嫂，你的臉要注意。你不要想看起來很好，其實卡仔細看一下，毛細孔裡面攏有黑斑。

秋　霞：有影？

淑　潔：哪沒影？有閒來我的護膚中心走走嘛，我的一個客人是你牌友的好朋友喔。我也可以順便給你好好做一次臉。

明　義：她那個臉免做了啦。

秋　霞：我的面有什麼歹看的？哼！你不希罕，別人希罕！

淑　潔：阿嫂，過年快要到了，你還沒有大掃除喔？

　　　　四人做繼續講話狀，中間區域燈漸暗，四人停止動作。庭院燈漸亮，慧嫻上，明文停留在入口處。

慧　嫻：進來啦！

明　文：回家啦。

慧　嫻：把該做的事情辦完才回家。

明　文：你那麼想分錢？

慧　嫻：又怎樣？你搞清楚，我是在為你保護你的權益喔。該我們的就是我們的，又不是搶錢。

　　　　明文走進庭院。

明　文：今天下午火化的時候，我一直想到那個棺材裡面根本沒有遺體，根本是空的……這到底代表什麼呢？

慧　嫻：你不要想東想西的，常常心不在焉。剛才在高速公路差一點

沒把我嚇死，車子都開到路肩了，你都好像不知道。

明　文：那時候我在想事情。

慧　嫻：什麼事情？

明　文：我想到一個故事。一個傳奇故事……有一個人有一天出去散
　　　　步，看到一個吉屋出租的牌子，他什麼也沒想，就走進去把
　　　　房子租下來，一住就是二十年。連家都不回，老婆也不管
　　　　了。

慧　嫻：這個故事又代表了什麼？

明　文：我也不知道。但是，它有一種黑色的情緒，黑色的美感。

慧　嫻：對那個人的老婆來說，有什麼美感？

明　文：這跟我晚上倒垃圾一樣。有時候我拿垃圾出去倒，突然有一
　　　　種衝動，我在想，如果我倒完不回家，就一直往前走，往黑
　　　　暗中走，不知道結果會怎樣。

慧　嫻：你不會又像以前在美國那樣吧？

　　　頓。

明　文：為什麼你跟我爸爸很疏遠？

慧　嫻：怎麼突然又問這個？我跟你講過了，這是人跟人之間緣分的
　　　　問題，就像你跟我爸爸一樣，也沒什麼話講。

明　文：那是他不給人機會講話。我每次跟他聊天，他講的話就佔了
　　　　百分之九十五。每次，就只有他在說故事，說他怎麼打日本
　　　　鬼子，又怎麼打共匪，又怎麼要求他的部下，我只能加語助
　　　　詞嗯啊喔欸的。

慧　嫻：講故事是他唯一的消遣。

明　文：那也要有人想聽啊。

慧　嫻：我們家根本沒有人在聽。

明　文：他上次講到做游擊隊穿草鞋打日本人，肚子餓到煮皮鞋來吃。我說怎麼可能穿草鞋還有皮鞋可以煮，他就發脾氣。

慧　嫻：我爸爸講故事常顛三倒四的，你挑他語病根本就是浪費時間。

明　文：他媽的，這裡本來有一棵好好的樹，我大哥為了要喝茶，就叫人把它砍掉，還騙我們說樹有蟲快死了。

慧　嫻：說不定他講的是真的。

明　文：這幾天我不知道在幹什麼。人在心不在。腦筋好像是在賽跑一樣，一直在轉。最近很奇怪，晚上睡覺常常作夢，白天注意力也不能集中。腦筋常常會飄走。上個禮拜，我走在校園準備去上課，突然看到一棵大榕樹，我本來是想在樹旁坐下來休息一下，沒想到一坐就是兩個鐘頭，完全忘了去上課……

庭院暗燈。中間區域燈漸亮，四人正在講話。

淑　潔：欸，囝仔呢？

秋　霞：一個去朋友家住，一個去看電影。

明　義：這些死囝仔賊，什麼日子了，代誌一完人就走得沒看到影。

秋　霞：還是你們最好，沒囝仔。阿忠啊，你這醫生是做假的啊？你太太懷孕每次都流產，也不會好好照顧。

明　忠：每次叫她好好躺個三個月免動，她就硬要起來，這裡洗洗，那裡擦擦，我有什麼法度？

淑　潔：阿兄，現在的社會正亂，囝仔還是得要管卡嚴一點。
明　義：這我也知。但是我每天做生理沒閒，阿霞又只顧打牌，囝仔
　　　　誰要顧？
秋　霞：你免──

　　　　之前，明文和慧嫻已往客廳的方向走。此時，兩人上。

明　義：哪這麼慢？
慧　嫻：我們迷路了。
明　文：什麼迷路？我故意繞道而行。
明　義：大家攏到了噢？阿霞，你去煮晚飯。
秋　霞：才剛吃飽，哪會這麼快就餓？
明　義：去準備啦！

　　　　明忠對淑潔用眼神示意。

淑　潔：噢，我來幫忙。

　　　　秋霞與淑潔往左邊出口走，兩人下。慧嫻沒跟去，反而坐
　　　　下。明義和明忠盯著她看。

慧　嫻：幹嘛？
明　文：我太太不會煮飯。
慧　嫻：誰說我不會煮飯？
明　文：對不起，我錯了。我太太只會煮白飯。

明　義：慧嫻，你去幫他們一下。

慧　嫻：好吧。

　　　　慧嫻往左出口走。

明　忠：慧嫻，這一次多謝你幫忙。

明　義：對，還好我們家出了你這個律師，死亡證明也是你幫忙辦
　　　　的。

慧　嫻：免這樣講，辦那個很簡單，一下子就好了。

　　　　慧嫻下。

明　義：阿爸遺產的代誌，雖然跟他們查某有關係，但是我是認為明
　　　　天討論之前，我們三兄弟要先參詳一下。

明　文：然後再跟太太報告，那不是脫褲子放屁？

明　忠：卡居的好不好？

明　文：講到放屁，二嫂今天實在驚天地，泣鬼神。

明　義：好了啦！你，你還敢笑你二嫂？不啊，你今天是起猶是不？
　　　　哪有人在唸經的時候，邊吹口哨邊用腳打拍子？

明　文：我無聊啊。為什麼每次尼姑在唸經你們就叫我去站？

明　忠：因為你什麼攏不會。

明　義：我和阿忠得要忙別的。

明　文：那就不要怪我。這幾天，那些尼姑站，我就得站，他們跪，
　　　　我也跪。一唱就是幾十分鐘。我實在是太無聊，乾脆用腳幫
　　　　他們打拍子。後來還是覺得無聊，才想說跟他們打相反的拍

子。但是，我真的沒記得我有吹口哨。

明　忠：哪沒？你吹得那麼大聲，大家攏聽到，連那些尼姑也不知道
　　　　要安怎。

明　文：我真的不知影……

明　義：阿爸若是知影你今天——

明　文：阿爸不是死了嗎？

明　義：講話卡有分寸一點，是「過身」不是「死了」。

明　文：有什麼差別？

明　義：你是越來越過分了。

明　文：我給你們保證更加過分的還在後面。但是，你們也不要跟我
　　　　講什麼過分。我今天要是真的在喪禮吹口哨，我一點攏沒對
　　　　不起阿爸……因為阿爸還沒死。

明　忠：又來了。

明　義：哎！

明　文：我們給它想想看，真的有可能阿爸還沒死啊。

明　義：當然是有可能——

明　忠：可是不管是按照邏輯，還是常理，阿爸死的機率比較大嘛。

明　文：你這個做醫生的不能什麼事都用常理或邏輯來判斷。

明　義：不然你要用什麼來判斷？

明　文：我這幾天一直夢見阿爸……也常常想到他。

明　義：（頓）我也是。

明　忠：本來就會想。

　　以下三位兄弟搶著回憶爸爸的種種，一個還未說完，另一
　　個就搶著說。話語重疊的地方很多。

明　文：以前我還沒搬到台北的時候，阿爸出去找朋友開講，攏會帶我作夥去。他騎他的鐵馬——

明　義：阿爸人緣是最好的。他那些朋友攏聽他的，有什麼代誌攏會找他參詳。我還記得有一次——

明　忠：大家最佩服阿爸的就是，我們小漢的時候阿母就過身了，這多人叫阿爸再娶，也有很多人來提親，阿爸攏不睬——

明　文：他騎他的鐵馬，我坐在前頭。阿爸人緣很好，一些人看到他就會打招呼：「阿龍仔，逛街喔！」阿爸就會講：「對啊，這是我最小漢的啦。」他們就會講：「跟你生得這像的！」

明　義：有一次，他的一個「換帖仔」（注：至交）一次交三個查某朋友，鬧得兩個要自殺，一個要殺他。大家就叫阿爸來處理。阿爸就——

明　忠：這多人來提親的，阿爸攏不睬。他跟他們講：「我自己可以帶這些囝仔。」

明　文：我小漢的時候還以為，所有的台南的人阿爸沒有一個不認識的。

明　義：阿爸就先把他朋友罵一頓，再去跟那三個查某一個一個談。講完了後，不但要自殺的不自殺了，要殺人的也不殺人了。而且三個查某攏要跟阿爸做朋友，阿爸怕得趕緊ㄙㄨㄢ，走好像飛呢！

明　忠：我們一些親戚，尤其是那些老的，就講阿爸太奇怪了，別人「有某」（注：有妻）還在娶細姨，他偏偏不願再娶。

明　義：我剛才還在跟阿霞講，阿爸的氣魄是沒人學得來的。阿公死了後，田家發生的大大小小的代誌攏是他在處理，不管是夫妻鬧離婚的，還是姊妹不和的，還是兄弟為了財產冤家的，

若是阿爸出面什麼就解決了。

明　忠：連阿母那邊的親戚有問題也來找阿爸。有一次，二舅把一個查某肚子弄大，又想把她拋棄，那個查某她家就叫一些流氓要殺二舅，二舅怕得屁滾尿流來找阿爸。

明　義：阿爸就跟二舅講，他只有一條路走。

明　忠：就是娶那個查某。二舅死都不肯，講他根本不愛那個查某。

明　義：結果阿爸只講一句話，二舅馬上答應結婚。

明　文：他講啥？

明　義：阿爸講：「現在不娶那個查某會出代誌，你給伊娶了後，再找理由離婚就攏沒代誌。」

明　文：啊？

明　忠：厲害！

明　義：有夠厲害！

明　文：這叫做厲害？

明　忠：你不能用現在的標準來看這件事情。

明　義：對。

明　忠：阿爸雖然沒受過什麼教育，可是他理智之強，是我最佩服的。

明　文：如果他理智強，為什麼會離家出走？

明　義：這我們七年前攏講過了。

明　文：我不認為我們找到真的答案。

明　忠：你講這些都於事無補。

明　文：阿爸就這樣「蓋棺論定」？

明　義：不然要安怎？我們生活還是要繼續過下去。

明　文：不行，這樣我過不下去。

明　忠：你這樣太過沒理性了。

　　　　舞台客廳燈漸暗，但先不全暗。明義和明忠先從左出口
　　　下，明文兀自站在原地。慢慢地，燈全暗。明文從舞台前
　　　走向擔仔麵攤。擔仔麵攤燈漸亮，明文坐下來吃麵。不
　　　久，清水拿著台灣啤酒和杯子上。他已微醺，走路有點踉
　　　蹌。兩人談話的同時，隱約傳來警車呼嘯而過的警報聲、
　　　救護車聲、喇叭聲、車子碰撞聲⋯⋯

清　水：少年仔，稍擠一下。

明　文：欸？你是⋯⋯

清　水：欸，不管你啥人，我不認識你。我若認識你，我錢也攏還
　　　　了。

明　文：清水叔仔，我是阿文啦。

清　水：阿文是啥人？你不要半路在認阿叔。

明　文：我爸爸是清龍，你的大兄。

清　水：喔，你是大兄的——

明　文：最小漢的兒子。

清　水：對對對。以前大兄出門攏帶一個流鼻水的囝仔。

明　文：就是我。我小漢的時陣跟我阿爸很緊。阿叔，這幾天我阿爸
　　　　「出山」（注：出殯），你怎麼沒來？

清　水：他們是有給我通知。但是我不願去啦。

明　文：是安怎？

清　水：什麼叫做出山，我問你？出山的意思，是不是講棺材內底有
　　　　死人，要搬去埋？棺材內底沒死人，要安怎出山，要安怎

埋？出山！出一塊轟啦！你們這些少年仔，不是我愛講，做
代誌攏不用屁股想想。你阿爸只是出走，你們就替他辦出
山？

明　文：但是我阿爸已經失蹤七年，照那個法律來講——

清　水：你爸我才沒在管他什麼屁股法律。對我清水來講，我大兄還
沒死，代誌就這樣簡單。

明　文：你那麼確定？

清　水：哪沒確定？！我給你講，我連你阿爸爲什麼要離家出走也知
影。

明　文：有影？

清　水：我未卜先知你不知？你聽好喔，一個人做代誌攏有一個習
慣，像我清水仔，「ㄟ孫娘娘」（注：老人家說話習慣的語
助詞），少年的時陣行船走了有幾十多，沒啦十幾多，這行
船走久了，若是下船在街仔路走，就真不習慣。

明　文：是安怎？

清　水：走路這樣跌一下跌一下，好像還在船上。但是ㄟ孫娘娘，像
我這種正港行船的人，若是久沒行船，更加不習慣。會懷念
這樣跌一下跌一下的感覺。所以啊，我爲了要有那種感覺，
我「孤不離三四五六衷」（注：極不得已）才天天喝酒。大
家都以爲我清水仔愛喝，其實我是不得已的。你現在叫我站
好不能動，我就有地震的感覺，但是真的有地震的時陣，我
反而感覺沒代誌。

明　文：這跟我阿爸離家出走有什麼關係？

清　水：啊？對喔。嘿，哪沒？你阿爸是我們田家大房的大兒子呢！
你知影他的責任多大沒？他不管做什麼代誌，攏得要顧前顧

後，按捺大的，照顧小的。他這個大兄，做得真的起，做人公正又明理。我ㄟ孫娘娘自小漢就不愛讀冊，後來想要行船，得要去考基隆那間學校，我ABC狗咬豬不懂半撇，根本就考不上，還是你阿爸ㄟ孫娘娘提錢去找校長，我才可以讀的呢！像他這款自少年到老負責任習慣了，哪會說突然間什麼攏不管，講走就走？

明　文：可能他累了，不想要負什麼責任。

清　水：不是。你沒記我剛才給你講我行船的代誌。我行船已經走習慣了，我也真懷念走船的生活，但是爲什麼我有二、三十多沒再去行船？因爲我爲了一件代誌到今天還是不爽！你阿爸也是同款。他爲什麼會不管這個家庭？因爲他爲了一件代誌堵卵到沒法度再堵卵。

明　文：但是，他爲什麼哪會堵卵到七年了還不回來？

清　水：這我哪知？我又不是未卜先知。你們跟他住在一起的人才會知影，哪會問我？

明　文：沒啦，我不是在問你。

清　水：你們這些兄弟應該去找他才對。

明　文：我們是有找過，但是攏找沒，什麼養老院、收容院、廟啦——

清　水：找那些所在有什麼效？要找得要去你阿爸最愛去的所在找。

明　文：什麼所在？

清　水：你連伊最愛的所在攏不知？我看他是白飼你啦。我給你講，幾十年前ㄟ孫娘娘，我跟你阿爸、二叔，三個兄弟作夥從下港起來北部玩，從台南出發玩到台東、花蓮、宜蘭，又彎到基隆，最後才到台北。結果我愛上基隆的船，你二叔愛上宜蘭婆仔，就是你二嬸，你阿爸愛上什麼你知沒？他去愛上了

火車。他講火車和火車站是最──最──要安怎講？──最romantic（注：日式發音）的所在。

明　文：阿叔仔的ABC還是不錯嘛。

清　水：當然嘛厲害。要行船外國話不會怎麼可以？要怎麼開查某？不過喔，要開查某英文可以講幾句，可以跟查某bargain（注：日式發音）價錢就有夠了──bargain你懂吧？

明　文：討價還價的意思。

清　水：對！Bargain的時陣，我就跟那個在賣的查某講：「How much?」「Too much!」「OK!」價錢講好兩個就相帶去房間了。進了房間就什麼話就攏免講了，頂多代誌辦完了後，跟她講「Thank you very much!」你看我這四句英文就可以走遍天下，不管是開查某，還是買東西，攏可以用。

明　文：行船的日子是不是真有意思？

清　水：哎，當然是有意思。不過啊乁孫娘娘，要行船的人就要有法度忍得住孤單的滋味。有工作做的時陣是沒啥，但是，無聊的時陣就苦了。你坐在船上給它看去，除了天頂和海水以外，什麼也沒。茫茫大海，只有一條船。日頭落山以後，什麼也看沒。那款什麼攏看沒的感覺這奇怪的。那當陣大家只好喝酒，作夥講古臭彈。故事講得越離譜越有人愛聽。不過，話又講回來，行船的日子真的是四海為家，從這國行到那國。我東南亞攏走透透了，更加遠的像那個美國Ameriga，Costariga，Dominiga，什麼碗糕ga，我攏去過。講起來也奇怪，你若是行船行久了，你自然就會享受那款孤單的滋味。講到這我才想到，你阿爸若不是為了什麼代誌堵卵，就很可能是為了追求一款感覺。

明　文：你越講越深。

清　水：你不知道我誌個人這深的！別人喝啤酒沒兩罐，就要去放尿了，我喝四五罐還是沒代誌，你看我有多深！

明　文：阿叔仔，我差不多要來去了。這個錢我來出。

清　水：沒囉，我出就好，叫頭家作夥算。

明　文：免啦，我請阿叔仔。

清　水：怎麼可以？當然是阿叔請你。

明　文：不好啦。

清　水：欸，你再講我就生氣喔！

明　文：好啦，不然，下次我請。阿叔仔，再見。

明文從左下。

清　水：這樣才對。（掏錢）哇，死了，身軀沒半仙。（再掏）現在的少年的喔，跟他們客氣，他們給你爸當真。這下子沒錢要安怎？頭家！頭家仔！嗯……再來一瓶。

擔仔麵攤燈漸暗。同時，客廳燈漸亮，秋霞在客廳講電話。

秋　霞：今天要分啦……真的拿到錢也是過年以後的代誌……你放心，我不會變卦……為了我的小妹，我已經決心，要給那些查甫仔好看……免假，你們查甫仔攏是同款……

明義自左出口上。

明　義：你今天下午是走去哪？

秋　霞：（改口）好啦，我這個月的會仔不想要標啦，你替我隨便寫寫，好好好，再見。（掛電話）去打麻雀。

明　義：有嗎？我打電話去那，哪會找沒人？

秋　霞：有啊！

明　義：就明明他們講你不在。

秋　霞：我知啦，那時候我正在連莊，我怕手氣沒去了，所以給他們講，我暫時不要接電話。

明　義：免整天打牌，囝仔攏沒在管。他們又走去哪？

秋　霞：一大早就沒看到人。

明　義：整天爬爬走，把家當成旅館也不是這樣。過年拜拜的物件是買了沒？

秋　霞：買得差不多了。

明　義：怎麼沒看到你在做菜頭糕？

秋　霞：免做啦，今年用買的就好了。

明　義：外面買的能吃嗎？隔壁已經在貼春聯了，我們家一點過年的氣氛都沒。

秋　霞：免講那些啦。今天，我給你講，你得要卡有氣魄一點。

明　義：這免你講。

秋　霞：免我講？上次我小妹的代誌，叫你出面結果你反而靠我大兄那一邊，害得我小妹——

明　義：代誌已經發生了，你要叫我安怎？

秋　霞：你若是主持正義就——

明　義：你家的代誌我管不動，你知沒？而且，我也感覺不管安怎，離婚就是不好。

秋　霞：那我問你，今天主要是要討論遺產要安怎分，你準備要安怎處理？

明　義：速戰速決。

秋　霞：好，等一下晚飯隨便吃吃就可以了，我今天故意菜做卡少一點。

明　義：這樣好嗎？

秋　霞：等一下你給我訊號，叫我去切水果，我們就可以開始了。

　　　　兩人往右出口下，客廳燈暗。舞台右前出現明文和慧嫻。

慧　嫻：好煩喔，禮拜天又要回家。

明　文：那就不要回去。

慧　嫻：不行。我爸爸他老人家規定，孩子長大了不管是男的女的，不跟爸媽住可以，可是每個禮拜天都要回家報到。

明　文：好像回部隊。

慧　嫻：好像上教堂……最近，我爸媽又天天吵架。

明　文：我怎麼不知道？

慧　嫻：你家裡有事，已經很久沒回我家了。自從我老爸回大陸探親，捐了一大筆錢給家鄉蓋學校，我老媽爲了這件事天天和我老爸吵，每次都吵到要離婚，可是從來沒有一次說話算話的。我們做小孩的只能輪流勸架。後來我們也勸煩了，乾脆先發制人。我們兄弟姊妹之間先吵起來，而且吵得比他們更凶，有時還打架。這樣子一來，兩個老人家忙著勸架，就忘了吵架了。

明　文：你們家小孩真孝順。

慧　嫻：哎……

明　文：哎……

慧　嫻：哎！我們家只有吃飯的時候最融洽。

明　文：我們家也一樣。

慧　嫻：一片和樂。

明　文：我們家也一樣。

慧　嫻：我們家是大家邊吃邊講哪一道菜該怎麼做。

明　文：我們家不一樣。我哥哥他們喜歡談社會新聞，邊吃邊講誰被
　　　　殺，還有怎麼被殺，一邊講一邊咬著雞腿。而且，越說食慾
　　　　越大。

慧　嫻：我們家吃完飯以後就一起看電視。

明　文：我們也一樣。

慧　嫻：也沒有真的在看，大家只是挺著吃飽的肚子，坐在沙發上，
　　　　等著吃晚飯。

明　文：我們也一樣。

慧　嫻：我們喜歡看一些白癡做的綜藝節目。

明　文：我們喜歡看做給鬼看的靈異節目。

慧　嫻：以前小時候，我們最喜歡趁爸媽不在的時候偷學打牌。大
　　　　姊、二姊、大哥和我四個人打，小弟太小不會打，負責站在
　　　　門口幫我們把風。只要他衝進來說：「他們回來了！」我們
　　　　就照預先練習的，在最短的時間內把麻將收起來，從來沒有
　　　　一次穿幫的。

明　文：小時候，我們還住在台南的時候，我跟大哥和二哥，小時候
　　　　常常一大早就帶著彈珠出門，三兄弟像三劍客一樣，到處跟
　　　　人挑戰，肚子餓的時候，有錢就吃擔仔麵，沒錢就在田裡挖

荸薺來吃，太陽不下山是不會回家的。我最記得有一次，我的彈珠全部輸光了，心情不爽就罵那個贏了很多的小孩「幹你娘」，他也回罵我「幹你娘」，我二哥一聽就打他一個巴掌，他哥哥一看也給我二哥一個巴掌，我大哥一看也給他哥哥一個巴掌。他哥哥就說是我先罵幹你娘的，我大哥說：「他是我弟弟，安怎？」我就站在兩個哥哥後面罵：「安怎？安怎？要相打來啊！幹你娘！」

客廳燈亮。明義、秋霞、明忠、淑潔四人從右出口上。明文和慧嫻從舞台前走過去，加入他們。

秋　霞：來來，喝茶。大家今天哪會吃那麼少？

淑　潔：那有？吃這飽的。

慧　嫻：對啊，很飽了。

明　文：我沒吃飽。

慧　嫻：（打明文）亂講。

明　文：真的啊！

秋　霞：哎，現在的人殺人有夠狠的狠。

淑　潔：不要再講了，我剛才聽你們講有人被電梯夾到，都快吃不下了。

明　忠：已經不是像以前的時陣，殺一刀打一槍就好了。

秋　霞：講到殺人的代誌，你們昨天有看到新聞沒？驚死人！（問慧嫻）你有看到沒？

慧　嫻：好像有。

秋　霞：夭壽恐怖的！

淑潔雙手捧著腹部，小聲呻吟。

明　忠：哪一條？（對淑潔）你是安怎？

淑　潔：沒安怎。

明　義：阿霞，去切水果。

秋　霞：稍等下。就是有沒，有一個查某，因為懷疑她查甫朋友要將
　　　　她拋棄，就先用酒和愛睏藥把他弄昏倒有沒？

明　忠：這我比你還清楚。

明　義：阿霞，去切水果。

秋　霞：免吵啦。

慧　嫻：我去切。

明　義：沒啦──

　　　慧嫻下。

秋　霞：後來，那個查某不是給他一刀殺死就算了，她把那個查甫綁
　　　　在椅子上面。

明　忠：沒！她把他的腳跟手綁在棉床上。

秋　霞：不，在椅子上。後來，等他醒起來的時陣，那個查某才用刀
　　　　仔一刀一刀的在他身上刻四字：「愛你入骨」。

明　忠：沒，一定是在棉床上。這我做醫生最清楚了，那個查甫二十
　　　　幾小時才死，他若是坐在椅子上，早就翹去了。

秋　霞：給你講是坐在椅子上你不信！

淑　潔：（做想吐狀）哎喲……

秋　霞：阿淑安怎？你又有身了？

明　忠：台灣真的是越來越野蠻。

明　文：（以一種很怪異的聲音）那算什麼。有一個他爸媽在賣豬肉的少年仔，因為看不過父母每日為了錢在冤家，受不了爸爸常常打媽媽，媽媽常常在便所裡偷偷地哭，有一天他乾脆用菜刀把他爸媽殺死。殺死了後，他又把他們的小腸、大腸、腎臟、肝臟，甚至心臟，統統割下來，切成一片一片的，掛在豬肉攤上，算兩的在賣。

　　　　眾人被這噁心的故事嚇得一時不知如何反應。這時，慧嫻手裡拿著切水果的刀子走進客廳。

慧　嫻：你們家沒水果。

　　　　眾人大叫，慧嫻也叫。明文大笑。

明　文：免驚啦，那是我編的。

秋　霞：么壽！

　　　　淑潔受不了，往右出口跑。

明　義：（幾乎是用吼的）阿霞！

秋　霞：什麼啦？

明　義：去切水果！

秋　霞：噢，對噢，我去切。

慧　嫻：你們家沒水果。

秋　霞：（接過刀子）沒要緊，我去看看。

　　　　秋霞從右出口下，但隨即又匆匆出來。不久，後面跟著擦
　　　　著嘴角的淑潔。

明　義：（拿出他預先準備好的影印資料）這些是我整理出來阿爸
　　　　剩下的一些遺產——
明　文：真有意思，我們以為阿爸還沒失蹤以前就把他名下的財產攏
　　　　總過戶了，哪知影阿爸還有暗槓。我們有財產分，又有遺產
　　　　分，世間哪有這麼好的代誌？
明　義：可以開始嗎？
慧　嫻：（問淑潔）你還好吧？
淑　潔：沒要緊，吐一下就好了。
明　義：有一件代誌先給你們講一下。這幾年景氣壞，我的建築公司
　　　　的財物狀況出了一點問題。我這一次在木柵蓋的預售屋有四
　　　　成沒——
秋　霞：六成。
明　義：對，有六成沒人買。我是希望等一下阿爸的錢算清楚了後，
　　　　你們看可不可以先借我一陣子，就算是給我的幫忙，也算是
　　　　一種投資——
明　忠：這等錢算清楚再講好不？
明　義：當然。不知影你們記得沒？當初我們五個兄弟姊妹，就是看
　　　　阿爸那一代常常為了錢的關係變成冤仇人，我們早就約束好
　　　　了，不要像上一代那樣，為了錢的代誌打壞感情。

以下數人交叉講話，多次重疊，每人緊接自己的話，彷彿多重唱。

秋　霞：對啦，自己人不要那麼計較。

淑　潔：對啦，冤家最不好。

明　義：打壞感情就沒意思了。

明　忠：一切合情合理最重要。

秋　霞：人在講錢是身外之物。

淑　潔：生不帶來，死不帶去。

明　義：不要像別人家一樣。

明　忠：千萬不要。

　　頓。

明　忠：二姊和小妹昨天又打電話給我，講阿爸的遺產他們查某也要分。

秋　霞：分一塊轟啦！他們該提的阿爸早就給他們了。

明　文：水果呢？

秋　霞：什麼水果？

明　義：這你們放心，阿爸的遺產由我們三兄弟分，跟別人一點關係都沒。他們要是吵，我會叫律師來處理。

明　忠：不是講好不找律師？

明　義：是啊？今天敢有律師？我的意思是講，代誌要是很簡單的可以處理，我們就很簡單的處理。

明　文：「哪照」你這樣講是有理。（注：台語聽起來很像「爛

鳥」）

明　忠：當然是這樣，要是一切公平處理，代誌是很好解決的。

明　文：哪照你這樣講也是有理。

明　義：卡屑好不！

明　忠：別亂講話好不！

明　文：我在亂啥？我是講你們「這次」講得攏有道理啊。（注：台
　　　　語聽起來像「雞巴」）

明　義：好了啦！

慧　嫺：明文講錯什麼話了？

秋　霞：你聽沒啊？我給你講。（附耳）

明　義：所以，咱們大家──

慧　嫺：什麼？哪照？哪照……爛鳥！（大笑後對明文）你好低級
　　　　噢。

明　文：謝謝。

淑　潔：這歹聽的。

明　義：卡拜託一點好嗎？

明　文：歹勢。

慧　嫺：對嘛，不要鬧了。

明　義：我們現在從第一頁開始。第一點，阿爸在土地銀行的保險箱
　　　　內底，放有一些金仔，還有一些鑽戒，我有叫人估過，攏總
　　　　差不多值七十幾萬。第二點，阿爸自己的保險箱內底──因
　　　　為不知影號碼，我跟阿忠一起叫人來開──內底有找到三個
　　　　存款簿、一些股票和一間厝的權狀。

明　文：除了值錢的物件以外，沒別項嗎？

明　義：沒啊。連最重要的印鑑也沒。

明　忠：好像有，一個火車模型。

慧　嫻：火車？

明　文：火車模型？你們怎麼沒跟我講？

明　忠：我們以為不重要。

明　義：好，我們繼續看第二點的第一項。三個存款簿內底，有一個
　　　　……

　　　　燈光變化以表時間的推移。

明　義：第十二點，阿爸雖然退休，還是有跟朋友作夥在大陸投資生
　　　　理，總共賠了三百四十五萬。現在，大家看最後一點，阿爸
　　　　的遺產加加減減的，總共有貳仟陸佰貳拾參萬肆仟玖佰捌拾
　　　　柒元，扣掉那七塊不要算——

明　文：不能扣！我堅持要那個七塊，誰跟我搶我就跟他拚命！

慧　嫻：你不要鬧了！

明　義：你給我講完好嗎？若免管稅金的問題，用這個數目除以三，
　　　　每個人可以分到差不多是捌佰柒拾肆萬肆仟玖佰肆拾伍元。

明　忠：稍等一下，你剛才加的攏沒問題，但是你減的有問題。

慧　嫻：我也覺得有點不對。

明　義：什麼問題？

慧　嫻：你減第九項的時候好像算錯了。

明　忠：那等一下可以重新用計算機算。阿兄，你從第八項就開始
　　　　扣，但是那些攏是你講的。像第十點，你講阿爸為了要幫助
　　　　他一個沒人照顧的朋友，向你借了四十五萬。問題是阿爸有
　　　　股票、有地契、又有存款，他哪有必要向你借錢？這根本就

不合邏輯。

明　義：阿爸自己有錢爲什麼不提出來，我哪會知影？

明　忠：有借據沒？

明　義：沒有。

秋　霞：阿爸跟我們借錢，我們哪有可能叫他寫借據？我們又不是美
　　　　國人。

明　義：就是啊。

秋　霞：但是阿爸跟我們提的錢，我們攏嘛有一筆一筆的記下來。

明　忠：我也有記。（從口袋拿出一本記事本）這是阿爸給我借錢
　　　　的帳簿。

明　文：慧嫻！

慧　嫻：幹嘛？

明　文：把我們那一本也拿出來！

慧　嫻：我們哪有哪一本？

明　文：沒有噢？可惜。

明　義：你在亂啥？

明　文：輸人不輸陣，輸陣爛鳥面。

明　忠：這是阿爸失蹤前跟我借的錢，我自己除了開診所、買股票以
　　　　外，外面攏沒作生理，也沒投資有的沒有的。這幾年只有阿
　　　　爸向我借錢，我沒跟阿爸提半點錢，所以帳目很清楚。我的
　　　　帳簿寫得清清楚楚，你提去看。（把帳目拿給明義）

明　義：（不接）帳簿是你做的，我免看。

秋　霞：對，沒必要看！

淑　潔：大家看一下嘛，免冤啦。

明　忠：那那本帳目也是你做的，我們哪知影什麼是眞的，什麼還是

假的。

秋　霞：大家這樣講沒效啦，我看還是找一個律師最好，我有認識一
　　　　個——

明　忠：慧嫻就是個律師，爲什麼要找外人？

慧　嫻：可以啊。

明　義：慧嫻不行。

慧　嫻：是安怎不行？

明　義：她也是當事人，我哪知影她有私心沒。

慧　嫻：你叫的律師就沒私心？

明　義：好，攏免找律師。阿忠，你不能阿爸跟你借的每分錢攏算得
　　　　清清楚楚。你不要沒記，以前你要開業，那間厝、那些儀器
　　　　是誰出錢買的？阿爸會有要你還的意思？

明　忠：要講以前的代誌是不？好，阿兄——

明　義：你如果什麼都要跟我計算，就免叫我阿兄！

秋　霞：對，免叫！

明　忠：免叫就免叫！你當初開公司的時陣是誰給你錢開的？三點半
　　　　到的時候，你是找誰周轉過來的？還有你這間厝不是阿爸買
　　　　的不然是誰買的？

明　義：我們三兄弟每一個人攏有一間厝。

明　忠：但是你的最大間，而且地段最好，現在最值錢。

明　義：現在安怎攏免管。當初阿爸是地價最便宜的時候用五百萬買
　　　　的。你那一間他用一千三百萬買的，阿文那間更貴，是一千
　　　　五百萬，這你要安怎講？

淑　潔：免冤啦……我需要坐一下……

明　忠：我那間一千三百萬有三小路用？那是你的公司蓋的，從頭到

　　　　尾偷工減料，還會漏水，你還敢講？像那個便所的tile
　　　　（注：瓷磚）廣告的時陣，講會用義大利進口的花邊瓷磚，
　　　　結果交屋哪，是made in Taiwan。而且，我還給它量過，本
　　　　來是寫得清清楚楚一塊tile是二十五公分乘以二十五，結果只
　　　　有二十。

秋　霞：哪有人還會量那個，笑死人！

明　忠：是安怎不能量？我這個人只相信事實。事實就是你們蓋樓仔
　　　　厝的沒有一個有良心的，根本是社會的公害！

明　義：你們醫生又多希罕！你們只會賺錢還會什麼？阿爸那一代的
　　　　醫生這多對國家對社會有貢獻的。你們呢？你們有啥肖貢
　　　　獻？喔，你爸是公害，你以為你是啥？公利喔？

　　　淑潔做嘔吐狀，往右出口急下。

秋　霞：沒路用的「腳肖」（注：貨色），看人冤家就會吐。

明　義：我實在是要氣死有影！

秋　霞：沒要緊，你祖媽來！阿忠仔，你若是要算那麼清楚，我就跟
　　　　你算得更加清楚一點。那個姓張的神主牌本來就是要你請去
　　　　拜的，我們這幾年攏在替你拜，你還不知道感激？

明　忠：我每年攏有貼你們錢啊。

秋　霞：一年才三萬塊，我在希罕！

明　忠：那是我跟阿爸講好的，姓張的神主牌跟我們姓田的放在這裡
　　　　一起拜卡好。

明　義：卡好一塊轟啦！是你根本就不聽阿爸的話！像你這款人，根
　　　　本是——有一句話要安怎講？

明　文：數典忘祖。

明　義：對！數典忘祖！

明　文：數，三聲。

　　　　以下明義講話的同時，燈光轉換，回到過去。秋霞、慧嫻
　　　　不動，明義、明忠、明文往舞台前方略走幾步。

明　義：隨便啦。阿忠仔，你不要以為代誌過去了就可以亂講。阿爸
　　　　根本沒有答應，反而他希望你把姓張的神主牌請回去拜。

　　　　時空回到過去。

明　文：你們又在冤什麼？

明　義：（對明忠）阿爸叫你把姓張的神主牌請去新厝拜是安怎你不
　　　　肯？

明　忠：我是給阿爸講，放在你這作夥拜卡方便。而且，一些拜拜的
　　　　規矩我不懂。

明　義：不懂可以學啊！你以為我一出生就會喔？你是讀冊讀到祖先
　　　　攏不認了是不？

明　忠：姓張哪是我的祖先？

明　義：哪會不是？阿爸已經給我們講了幾百遍了。以前我們查甫祖
　　　　——

明　文：什麼查甫祖？

明　義：就是我們阿公的爸爸。我們的查甫祖的元配不能生，他就想
　　　　要娶一個姓張的養女做第二的。姓張的本來不肯，因為他們

飼養女的目的是要招贅一個男的來生姓張的後代。我們查甫祖當然是不願被人招。後來，姓張的提出條件，查甫祖也答應了，代誌才講成。條件就是查甫祖可以娶那個養女，她生的囝仔也可以姓田，但是將來田家的後代要拜姓張的祖先。就是這樣。

明　文：你講了一大堆我還是聽沒。

明　義：反正意思就是今天若沒姓張的就沒有阿爸，也沒有我們。

明　忠：若是這樣，爲什麼一定得要我拜？

明　義：這還得要問？你三歲的時陣破病得很嚴重，人快要翹去了，阿公就拜拜給神明講，這個囝仔要是活過來，將來他會負責拜姓張的祖先。

明　忠：我眞的不會拜嘛，你要叫我安怎？而且，我也不信什麼——

明　義：你明明就不願拜！

　　燈光變化，回到現在。此時，淑潔也已經回到客廳。以下數人交叉講話，多次重疊，每人緊接自己的話，一直到明文大吼打斷他們才停止。

明　義：好！若要計較我們從細漢計較起！

明　忠：你爸在怕你啊！

秋　霞：你祖媽在怕你啊！

淑　潔：阿忠，你免跟他們冤啦。

慧　嫻：有話好好講嘛。

明　義：我連內褲也要跟你計較！

明　忠：你們蓋房子的攏是土匪！

秋　霞：你們做醫生的攏是吸血鬼！

淑　潔：你哪罵得這麼歹聽？

慧　嫻：不要這樣啦。

明　文：好了啦！（大家停下來）要吵你們去吵！反正都是你們的爛帳跟我無關。我這種教書的不需要跟阿爸借錢，也沒錢借給阿爸。所以，要算隨你們去算，到底阿爸剩多少我不管，趕快把那七塊給我！

慧　嫻：明文，你不要亂來！

秋　霞：這是你講的喔！阿義，十塊提給他免找。

明　文：提來啊！

明　義：有影？

慧　嫻：不行，他隨便講的。

明　義：阿文啊，你以為你跟阿爸不來去，你忘了你出國讀博士讀了八年，錢是誰出的？後來你交女朋友，慧嫻她家沒錢，她的學費也是阿爸出的，這攏免算嗎？

秋　霞：對啊！

慧　嫻：你講啥？

明　文：你在亂講什麼？

明　義：我已講得很清楚了。

慧　嫻：你們兄弟要為了錢吵架，是你們家的事，可是不要把我家都扯進來。

明　義：這件代誌我跟阿忠攏很清楚。

慧　嫻：（問明文）你缺錢跟你爸爸要錢，有沒有用我家沒錢做藉口？

明　文：沒有。

慧　嫻：沒有？

明　文：只有一次。

明　忠：好像不只一次。

慧　嫻：我的學費是靠我自己打工賺來的，從來就沒有用過你們家一毛錢。

明　文：我知道——

慧　嫻：你把話跟大家講清楚，你到底騙了你爸爸什麼錢？多少錢？我的立場很簡單，該扣的就扣，但是該分給明文的就給明文。

明　文：我是有騙阿爸。但是跟慧嫻沒有關係。

明　義：是安怎要騙阿爸的錢？

明　文：因爲我有一陣子書讀不下去，休學兩年。

明　忠：難怪別人讀六年，你得要讀八多。

明　文：那時候我和慧嫻才剛認識。

明　義：你給家裡寫信，講你已經快要結婚了。

明　文：那是爲了要跟厝內多提一點錢。沒讀書的那兩年我四界走，到處流浪。美國走到沒得走，我就去歐洲，所以需要更多的錢。我不敢跟阿爸講實話，只好找理由騙他。那當陣我什麼攏沒法度專心，教室坐不住，書也讀不下，只想四界走走。那時候的我，感覺什麼都沒有意義，拿個學位或做什麼到頭來都沒有用。

慧　嫻：我那時跟他講過，等他想通了回來念書我才會跟他交往，怎麼可能跟一個自己要什麼都搞不清楚的人論及婚嫁？

明　文：那時的我就像阿爸一樣是個流浪漢。

明　義：阿爸不是流浪漢！

明　文：不是流浪漢不然阿爸去哪？去跳淡水河？

明　義：你居去！我們家沒有人會自殺的。

秋　霞：對啦！不可能啦。

淑　潔：我們家出董事長、醫生，又有博士，哪會可能？

明　義：本來就是。我給你講，免再又講阿爸安怎，好像他還沒死了。

明　文：你敢確定阿爸真的死了？

明　忠：現在講那些有什麼路用？

慧　嫻：你追根究柢有什麼好處？

明　文：如果不搞清楚，我對阿爸的失蹤只有一個結論，那就是：什麼都是空的。

慧　嫻：這樣你不是又回到以前你那個樣子？

明　文：有什麼不好？這幾天我一直在想像阿爸的心情，想了解他放棄一切的真正原因。

明　忠：我們早就有結論了。

明　文：我不能接受那個結論。

秋　霞：不然要安怎？

明　義：阿文，我給你講，有些代誌，不要想太多。一個人為什麼會突然間沒去——

淑　潔：為什麼會紅杏出牆——

明　義：對，為——為什麼會做啥，有——有時候是沒法度解釋的。

明　忠：我不同意。阿爸為何離家出走，基本上，我們都已經有個共識了。

慧　嫻：沒錯。

明　文：但是我們還是要想，他離家出走了後，日子是安怎過的。我

在電視看到一個報導，日本自六〇年代開始，經濟快速發展，生活步調越來越快，工作和家庭的壓力讓很多人喘不過來。一些承受不了壓力的人會突然消失於公司或家庭。台灣這幾年來也是一樣，也是很多人受不了現實的壓力，而選擇離家出走。但是，這些原本有正常職業的人，不是一般的流浪漢，他們叫做「蒸發人」。

明　義：蒸發人……

明　忠：你在做醫學報告嗎？

明　文：我在想，阿爸可能就是蒸發人……

明　義：蒸發人應該比流浪漢卡好……

明　文：流浪漢、乞丐、蒸發人有什麼不同？我們這樣心裡就好過一點嗎？蒸發人有很多種下場，有的變成流浪漢，有人選擇自殺。

明　忠：不過，以阿爸的個性跟他的能力來判斷，理論上兩個都不可能。

明　義：沒不對。阿爸明明有錢，他還得要去做流浪漢？

明　文：有的蒸發人會生活在另一個公司或家庭，完全不和以前認識的朋友或是親戚聯絡。

明　義：這也不可能。我們阿爸是最顧家的人了，哪會七年攏不跟我們聯絡？

明　忠：而且，阿爸雖然快要七十了，他頭腦還是很清楚。

明　文：最後一個可能性是──

明　忠：什麼？

明　文：自然死亡。

明　忠：這就對了。

明　義：一定是自然死亡。阿爸年歲也大了，他不可能又去別的公司吃頭路，更加沒有可能又要娶太太成立一個新的家庭。自從阿母過生了後，阿爸對別的查某就攏沒興趣。若是要我來判斷，最有可能的情形是，阿爸出門的那一天，可能只是想去一個所在住三、四天，但是不知是出了什麼意外才會——

明　忠：沒不對。這是最合邏輯的解釋。阿爸有閒的時候，最愛穿卡其衣和卡其褲出去散步，四界走走的，一定是出了什麼意外，才會沒消沒息。

明　義：一定是這樣。

明　文：反正我們已經登報把阿爸「宣告死亡」，喪事也完成了，一切都很圓滿。

明　義：人死了，不能講什麼圓滿。

明　文：昨天我去吃麵遇到清水叔，他講——

明　義：那個狷人的話免聽卡好。

秋　霞：我最怕遇到他了，每次攏是好像乞丐，一伸手就是要錢。

淑　潔：全身軀垃垃圾圾的，他才是真正的流浪漢。

明　文：清水叔不相信阿爸已經死了。他又講阿爸當初會離家出走，可能有我們無法度了解的理由。

明　義：狷人講狷話。

明　文：我感覺他講的有點道理。

秋　霞：他的話若能信，連屎也可以吃。

淑　潔：沒那麼嚴重啦。不過，沒道理的話還是免聽卡好。

明　文：二嫂，很多代誌不是像桌布擦一擦，臉洗一洗，就可以解決的；也有很多事情不是用常理可以解釋的。

明　義：我問你，你到底想要安怎？

明　文：我今天來就是要跟你們講清楚，阿爸的錢我不要。

慧　嫻：你不能這樣！

秋　霞：哎喲，會騙阿爸錢的人，突然變做那麼清高。

明　文：還有，我以後不想跟你們有什麼來去。

明　忠：什麼？

明　文：就是我要跟田家斷絕來往。

明　忠：你講啥？

明　義：你在講什麼憨話？

明　文：大兄，照日本人的講法就是，自今天開始，我就是我們家的
　　　　蒸發人。

明　義：為什麼？

明　文：我要學阿爸。

　　明文很平靜地走出客廳，並於黑暗中走出前院。其他人愣
　在原地，燈漸暗。

第一幕終

第二幕

　　舞台左前的屋頂。燈漸亮。明文獨自站在圍牆邊，看著遠方。不久，慧嫻走近，手中拿著報紙，髮型有點不自然。

慧　嫻：明文！明文！

明　文：幹嘛？

慧　嫻：你神經病啊?!

明　文：我就知道你會這樣講。

慧　嫻：（打開報紙給他看）這是什麼？

明　文：《中國時報》。

慧　嫻：廢話！你為什麼要這樣做？而且還在那麼大的報紙，而且是頭版的半張！

明　文：我本來是要買頭版的全頁廣告，可是報社說不行，頭版還是要報導國家大事。所以我在《聯合報》和《自由時報》也都登了。

慧　嫻：（唸報紙）「本人田明文於此鄭重宣佈即日起與我胞兄田明義、田明忠及所有田家親戚脫離關係……斷絕一切往來，從此一刀兩斷，不再有任何血緣關係……」我在燙頭髮才燙到一半，隨便打開報紙，差一點沒昏倒。頭髮還沒燙完就趕快回來了。

明　文：怪不得你髮型怪怪的。

慧　嫻：你要做這種天大的事情為什麼不先跟我商量？

明　文：我知道你一定會反對的。

慧　嫻：我當然會反對。

明　文：你一定會說花太多錢了。

慧　嫻：錢不是重點，重點是——你花多少錢？

明　文：本來是比較便宜，因為我堅持要除夕今天見報，所以比較
　　　　貴。

慧　嫻：到底多少錢？

明　文：總共是二百四十萬。

慧　嫻：什麼?!

明　文：你不是說錢不是重點嗎？

慧　嫻：你要跟你家人斷絕關係，你上個禮拜不是已經告訴過他們
　　　　了？

明　文：用講的有什麼用？你做律師的應該知道，嘴巴講的都是屁，
　　　　只有白紙黑字才算數。只有用這種向世界宣佈的方式，把我
　　　　家聲明作廢，才會有效。

慧　嫻：你要白紙黑字不會登在《中央日報》的分類廣告？而且你根
　　　　本不懂法律，你錢白花了你都不知道？法律上規定，什麼關
　　　　係都可以斷，就是血緣關係不能斷。

明　文：我管他媽什麼法律！法律不讓我斷，我自己心裡面斷就算數
　　　　了。台灣有多少人想像我這樣做，可是沒有人敢，就只有我
　　　　做得到。

　　　　慧嫻突然感覺無力地靠著圍牆坐下。

慧　嫻：……你在美國的毛病又犯了……

明　文：我這輩子心情從來沒有今天這麼爽過！我站在這裡看著天
　　　　空，看著雲飄來飄去，我有一種很輕鬆的感覺，輕鬆到好像

可以飛起來一樣。

慧　嫻：這裡是八樓的屋頂，你飛飛看啊。

明　文：我已經解脫了，已經在飛了。

慧　嫻：我早就說過了，你不想和你家人來往，我也不反對，但是不必搞得這麼絕？少來往不就好了？我們家還不是一樣，兄弟姊妹早就各自分家，各過各的日子，除了金錢上的你來我往，感情已經淡到像一杯沒氣的汽水。將來我爸媽去世後，唯一把我們拉在一起的藉口就不見了。到時候，汽水就變成白開水。如果我們現在是這樣，將來我們的下一代呢？白開水會變成什麼？

明　文：礦泉水。說不定我們下一代的家庭關係，會比較健康像礦泉水一樣。

慧　嫻：如果要那麼淡、那麼純才算健康，我們要家庭幹嘛？

明　文：我已經想通了。我本來是因為不爽堵卵才想要和我家一刀兩斷的。可是我現在心情變了。搞了半天我要的是一種更自由的感覺。我想像清水叔那樣，沒有牽掛，沒有財產，沒有包袱。我……我可以像清水叔仔一樣去做水手——

慧　嫻：你能做什麼水手？你連坐公車都會頭暈的。

明　文：我終於了解我爸爸為什麼會離家出走。他不是為一些雞毛蒜皮的鳥事不爽，我相信他是在追求一種感覺。他做了一輩子別人希望他做的事，到老的時候才想通，他應該追求他真正想要的——

慧　嫻：他想要什麼？

明　文：我爸年輕的時候就愛上了火車。這也是為什麼他的保險箱裡面有一個火車的模型。這就是他的秘密。

慧　嫻：我在美國剛認識你的時候，你就是這樣。覺得什麼都沒意義，覺得念書是浪費時間，學位是騙人的，所以你中途休學，每天不是釣魚，就是沒有目的地開車，後來乾脆流浪到歐洲……問你，你就說你處在一種黑色的情緒，我也搞不懂那是什麼樣的三八情緒。我那時以為你只是一時還沒搞清楚——

明　文：我那時是還沒搞清楚。可是這一次不一樣，我那時是消極的放棄——

慧　嫻：這一次是什麼？積極的放棄？

明　文：有時候，黑色的情緒可以變成一種力量。它可以讓一個人不再受禮教的約束，不再管他媽的社會是怎麼一回事，管什麼鳥雞巴的人情世故。多爽啊！

慧　嫻：……也許我們結婚是錯的。

明　文：當然沒有錯。我們結婚是為了成立一個家，一個和我家不一樣的家。

慧　嫻：可能嗎？我在事務所負責處理的就是家庭糾紛，兄弟姊妹之間你告我、我告你，甚至拿刀動槍。有錢的人家是這樣，沒錢的人家也是這樣。年紀大的吵，年紀輕的也吵。每一代都一樣，為什麼我們這一代就會不同？

明　文：所以我們的家不能跟別人一樣。我們可以放棄一切，一起去流浪。

慧　嫻：你家有錢，對你也許不重要。我爸爸做了一輩子軍人，錢也沒賺多少，好不容易拿到退休金，他居然把它給他在大陸的親戚，還捐錢蓋學校，我們全家跟他苦了一輩子結果什麼都沒分到，不像你家有遺產可以分可以吵。

　　燈光變化，慧嫻從前面走向舞台中間的區域。同時，秋霞從不同方向走進。

秋　霞：代誌是這樣的。去年我小妹要跟她先生鬧離婚，搬回去我大兄他那住，因為她先生不但外頭有查某，回到家還會打她。這款查甫不跟他離哪可以對不？哪知影我大兄不管三七二十一，就是不准我小妹離婚，還把她關在房間裡面。我去跟我大兄吵好幾次攏沒效。後來，我小妹被關到起猾從窗門跳樓死了。我氣到去年過年攏沒回去，也發咒以後跟我大兄沒來去！

慧　嫻：你打算安怎？

秋　霞：我要告我大兄！告他——告他啥？

慧　嫻：可以告他妨礙人身自由。

秋　霞：對！告他妨礙人身自由！

慧　嫻：主要的問題是，到時候，你大兄若是什麼攏不承認，我們又沒證據，也沒有證人，這就很歹告了。

秋　霞：我就是證人啊！

慧　嫻：得要有別的證人才可以。

秋　霞：阿義就是一個。

慧　嫻：大兄？大兄知影你要告你大兄沒？

秋　霞：到時他接到法院的傳票就知影了。

慧　嫻：這樣不行啦。你要先跟他參詳，他得要答應出庭作證，這樣才有可能告成。

秋　霞：他不可能答應的。講到他我就氣！不是，我恨他！我那當時去跟我大兄吵，也跪下來給他求，那個死人就是不要讓我把

　　　我小妹帶回家。後來，我就叫阿義去跟他理論。哪知影他跟
　　　我大兄茶一喝下去，他就靠我大兄那邊，講什麼家和萬事
　　　興，離婚就是不好那款猾話。後來，我沒法度，本來是要找
　　　我一個打牌認識的朋友，想說叫他帶一些兄弟去我大兄那把
　　　我小妹救出來啊。哪知影要去救的前一天，我小妹就自殺
　　　了。慧嫻，我今天跟你講的，千萬不要跟別人講喔。

慧　嫻：不會啦。

秋　霞：尤其阿淑。

慧　嫻：是安怎？

秋　霞：那個大驚小怪的，看人冤家就會吐的，若知道我要告我大
　　　　兄，她沒昏倒才怪。講到阿淑喔，我最近聽到人在講她，講
　　　　得這歹聽的。

慧　嫻：什麼代誌？

秋　霞：有人給我講，阿淑流產三次不是因為她身體不好，是因為她
　　　　自己沒想要生。

慧　嫻：啥？！

秋　霞：因為她怕疼，不敢生。

慧　嫻：那她的流產──

秋　霞：不是自然的，你知影我的意思沒？

慧　嫻：真的還是假影的？

秋　霞：當然是正經的！我有一個打牌的朋友，她有一個朋友常常去
　　　　阿淑那做臉，她這個朋友跟阿淑什麼話攏嘛講。哇，我快
　　　　「沒赴了」（注：來不及了）。我來去囉。

　　秋霞下。客廳燈漸亮。慧嫻若有所思地往客廳內部走。電

　　　話聲響。慧嫻接電話。

慧　嫻：喂？媽⋯⋯你看到報紙了？⋯⋯對啦，是明文登的沒不對⋯⋯
　　　　是啦⋯⋯爸爸安怎？好啦，我會給他講，你放心──

　　　門鈴響。

慧　嫻：媽，有人在按電鈴，我稍等再打電話給你，好。

　　　慧嫻掛好電話，走去開門。明忠站在門口，手裡拿著一份
　　　報紙。

慧　嫻：二哥。
明　忠：明文呢？
慧　嫻：他在屋頂。
明　忠：他在屋頂幹嘛？
慧　嫻：你不要那麼緊張，他心情好得很。
明　忠：他心情很好？!（攤開報紙）他登這種廣告心情很好！
慧　嫻：你要不要上去找他？
明　忠：我現在心情很不好，等一下再說。你們家附近停車安全嗎？
　　　　你們這裡我不太熟，我車子停在──
慧　嫻：沒問題的。
明　忠：我怕有問題，（現出手上朋馳車蓋的標記）我把這個拔下
　　　　來。這樣才不會被一些心理不平衡的人偷拔掉。
慧　嫻：你要不要喝什麼？

明　忠：不需要。（頓）你還好吧？

慧　嫻：還好啊。

明　忠：明文這樣搞，你會不會生氣或難過？

慧　嫻：我現在不知道應該怎麼反應。只是覺得他太浪費錢了。

明　忠：你打算怎麼辦？

慧　嫻：二嫂沒來？

明　忠：除夕天她特別忙。

慧　嫻：對，我也剛剛才去燙頭髮。

明　忠：很好看。

　　　　燈光變化。慧嫻往舞台左前走。淑潔上。

淑　潔：阿忠呢？還沒來啊？

慧　嫻：已經走了。

淑　潔：走了？不是說約三點嗎？

慧　嫻：他跟我約兩點半。

淑　潔：哪會這樣？他人呢？

慧　嫻：跟我講完就走了。

淑　潔：奇怪……現在情形怎樣？

慧　嫻：不太好，對方講他媽媽本來只是胃痛，是明忠說一定要打點
　　　　滴，又給她亂吃藥，他媽媽才會心臟衰竭死掉的。

淑　潔：他們怎麼可以亂講！明明是——

慧　嫻：對方很硬，好像沒有和解的意思。而且，他們好像準備了二
　　　　十萬找了個司法黃牛。

淑　潔：那我們要怎麼辦？

慧　嫻：硬碰硬。他們花二十萬，我們出四十萬。

淑　潔：明忠怎麼說？

慧　嫻：要是敗訴，會對他的名聲很不利。事情還沒有到非告不可的
　　　　地步。我會再跟對方談，還是可能和解的，但是還是要花點
　　　　錢。

淑　潔：我告訴你一件事，你千萬不要告訴明文喔！

慧　嫻：什麼事？

淑　潔：聽說大嫂要告她大兄。

慧　嫻：你怎麼知道？

淑　潔：有人跟我講的。事情還不只這樣。大嫂好像在外面有跟男人
　　　　「歪哥起插」（注：亂七八糟）。我的護膚中心有一個客人是
　　　　我的好朋友，她剛好有一個朋友是大嫂的牌友。她說她朋友
　　　　說大嫂在常去打牌的地方，認識一個不三不四的男的，兩個
　　　　人好像常常相約出去不知道去幹什麼。

慧　嫻：你確定？

淑　潔：當然確定。我那家店是八卦中心，消息保證正確。我很多客
　　　　人，根本不是為了做臉來的，她們只是想聽到最新的消息。

慧　嫻：你還有跟誰講？

淑　潔：我有跟明忠講，他也不知道該不該跟大哥講。

慧　嫻：當然應該講。

淑　潔：他不太想管大哥的事，免得大哥誤會他在破壞他的家庭。可
　　　　是不講出來，我會很難過。每次大嫂笑我生不出小孩，我就
　　　　氣得想把她的事情抖出來。

慧　嫻：阿淑，大嫂就是那張嘴，你不要睬她。

淑　潔：只怪我運氣不好，懷孕三次，流產三次。

慧　嫻：其實，我聽說剖腹生產一點都不痛。

淑　潔：啥？你怎麼突然講到剖腹生產？

慧　嫻：我也不知道爲什麼突然想到。

淑　潔：我才不要剖腹生產，我要自然生產，而且用母奶餵小孩，又
　　　　衛生，又營養；將來長大給他念最好的學校，讓他學鋼琴、
　　　　小提琴，上英文補習班、天才兒童班──你跟明文不想生小
　　　　孩嗎？

慧　嫻：不想。

淑　潔：啥？是不是明文的意思？

慧　嫻：也是我的意思。

淑　潔：再安怎也要生一兩個。哪有結婚沒生囝仔的？

慧　嫻：我是驚囝仔生出來，我們沒時間照顧。

淑　潔：哎，偏偏我想生就是生不出來。

慧　嫻：你一定會生的。

淑　潔：我已經夠難過了，明忠還不體諒我，說我不會好好照顧自己
　　　　的身體，好像我是故意流產。我想要小孩想得快發瘋了，我
　　　　幹嘛故意流產？明忠什麼事就只會怪我這個不好、那個不
　　　　好，對別人，尤其是女人，就一直說別人多好多好。他就很
　　　　欣賞你，不只一次說明文看起來呆呆的，可是娶了你算是娶
　　　　對了。

慧　嫻：其實，我剛才說我和明文因爲沒時間才不生小孩只是個藉
　　　　口。我們不想要有小孩是因爲過慣了自由的生活，很怕小孩
　　　　生出來，很多事情都不能做。而且台灣這麼亂，生活品質這
　　　　麼差，我們覺得把小孩生出來，好像反而害了他。

淑　潔：這樣想太自私。環境越差，像我們這種人越要生小孩，好好

　　　教育他們，將來他們才會改變環境。明忠說像我們這種人更
　　　要生小孩。

慧　嫻：為什麼？

淑　潔：優生學。

慧　嫻：喔。

淑　潔：而且夫妻結婚久了沒有小孩關係會變得很淡。你們不要變成
　　　我跟明忠這樣。我們兩個都太忙，很少有空閒的時候，兩個
　　　一天能湊在一起的時間只有一兩小時。有時候好不容易在一
　　　起了，還不知道幹什麼。你知道他的嗜好嗎？他居然最喜歡
　　　一個人逛百貨公司，你有看過這種男人嗎？而且他每逛一次
　　　就買一樣東西，大部分是沒用的東西。你已經很久沒到我家
　　　了，我們家本來很大，現在被他買的東西擠得變成很小很
　　　小。我沒辦法，只好把他買的東西全部堆在其他的臥室，眼
　　　不見為淨……我很少看到明忠真的高興的時候，只有他在洗
　　　他的寶貝車子時。有時候我覺得他只愛他的車子。

　　　客廳燈亮。慧嫻走回客廳。以下明忠對慧嫻的態度有點曖
　　　昧。他似乎有意對慧嫻透露欣賞——甚至愛慕——之意，
　　　但不管是在語言或肢體上都很含蓄。

明　忠：真難為你了。

慧　嫻：嗯？

明　忠：嫁給我這種弟弟。

慧　嫻：習慣就好了。我也不是很好相處。

明　忠：怎麼會？我一直沒機會跟你——和明文說，他能娶到你真是

　　　　　有眼光。你話不多，我不是說你不會說話，而是你講話很得

　　　　　體，而且理性——

慧　嫻：（指著牆上的美國編織品）你沒有看過這個吧？

明　忠：沒，沒有。上次來好像沒看過。

慧　嫻：你和大哥來的時候，我們還沒掛起來。

明　忠：噢……

慧　嫻：這是我們在美國買的。它是一個美國農夫的太太用家裡的一

　　　　　些舊衣服，一片一片縫起來的，不是什麼偉大的藝術品，但

　　　　　是很有紀念價值，所有的布料都是全家人像祖父、祖母、爸

　　　　　爸、媽媽到小**baby**穿過的衣服。

明　忠：很——很漂亮，你的品味真好。

慧　嫻：是明文買的。我們有一次在逛跳蚤市場看到的，本來不覺得

　　　　　怎樣，後來明文聽賣的人講它是怎麼編織的，明文就覺得很

　　　　　有意思，也不跟人家殺價就買下來了。

明　忠：（從口袋拿出一張名片）這是我的一個朋友的名片。他在

　　　　　這一行很有名氣。你可以勸明文去看看，可能沒事也說不

　　　　　定。這種病最難醫，不是沒有有效的藥，現在醫學很發達，

　　　　　什麼精神上的問題都有特別的藥。它難醫的原因是，一般有

　　　　　問題的病人不會覺得自己有問題。

　　　　　明文開門進來。慧嫻趕緊把名片收起來。許是剛才話題敏

　　　　　感，明忠和慧嫻都以尷尬的眼光看著明文。

明　文：幹嘛啦？

慧　嫻：沒什麼。

明　文：你來做啥？

明　忠：我來——

明　文：大兄呢？

明　忠：我沒找他。

明　文：你若會來，他更加會來。你們這些人真奇怪，我搬來這已經
　　　　八年了，你們只有房子還沒裝潢的時候來看過。後來，打電
　　　　話請你們來，你們攏講沒閒。現在我跟你們斷絕來往了，你
　　　　們就馬上衝過來。早知影這樣我早就應該天天登報。

明　忠：我不是來跟你吵的。

　　　　電話聲響。慧嫻本想就近接，突然想到什麼，改變主意，
　　　　往左邊出口走，邊走邊講。

慧　嫻：我進去接。

　　　　慧嫻下。

明　忠：我們家很少真正地溝通，一講真話就吵架。你今天這樣做，
　　　　我其實蠻佩服的⋯⋯有一點嫉妒你的勇氣。但是，你這樣做
　　　　對你不利。

明　文：這就是你分析的結果？

明　忠：你這樣做不給家裡留後路，也不給自己留後路。台灣不管怎
　　　　麼變，還是講人情、講關係的社會。

明　文：你覺得這樣對嗎？

明　忠：你如果不照遊戲規則玩，就很難生存。你內心怎麼想都可

以，可是就是不能曝光，一曝光這個環境就把你完全否認。
倒楣的還是你自己。

明　文：物競天擇，適者生存？

明　忠：本來就是。上次慧嫻幫我處理的那件官司，後來雖然對方敗
訴，可是那不是正義得到伸張或什麼的，而是看誰比較有辦
法。

明　文：你的理性讓我不寒而慄，體毛掉滿地。

明　忠：慧嫻跟我一樣理性，只是她不會像我現在跟你說實話而已。

明　文：慧嫻跟你不一樣。

明　忠：你以為她花錢買司法黃牛的時候，心裡在想什麼？

明　文：她那時候只想幫你才不得已——

明　忠：這麼簡單？你也太天真了吧。

明　文：你這種人已經麻木了，不要以為慧嫻跟你一樣。

明　忠：我是麻木了，這個我自己很清楚。我這幾年差不多是在過一
樣的日子。早上起來開車去診所，九點整開始看病人，病人
一個一個進來——

明　文：魚貫入場。

明　忠：魚貫入場……一個一個進來，沒有一個名字我會記得的。我
也很少注意到病人的臉，我只看到他們的器官。耳朵、鼻
子、喉嚨。我不知道他們是做什麼的，是在想什麼，我只知
道什麼症狀開什麼藥。早上在診所看病人，下午到台大醫院
看病人，晚上再回到診所看病人。每天都是這樣。

明　文：你當初的理想呢？

明　忠：我當初本來就沒有理想。我連要念什麼科，都先分析過市場
的需要才決定的。

明　文：你賺那麼多錢又沒有時間花，有什麼用？

明　忠：這幾年我和阿淑把家當作旅館，只是個空殼子。我們的性生活幾乎等於零——

明　文：這我需要知道嗎？

明　忠：更可怕的是，我早就斷定我不愛我太太了。有時候，我會幻想她死了，得了癌症，或是出了車禍什麼的，這樣我說不定可以在別人身上找到愛情。

明　文：如果真的這樣，你可以離婚啊。

明　忠：太麻煩了……阿淑最大的嗜好就是逛百貨公司，還硬要拉我陪她去。她每次去逛就非要買一樣東西不可。幾年下來，家裡全是一堆沒有用的奢侈品，有的都還原封不動放在箱子裡面……她在逛的時候，我只好在裡面找一個咖啡廳坐下來，看著走來走去的年輕女孩，看到一個長得不錯的，我就胡思亂想，幻想我跟她……對我這款人，生活有什麼意義？家庭、親戚、社會又有什麼意義？

明　文：若沒意義你還在跟大兄計較啥？

明　忠：那是我本能的反應，我沒法度控制。但是，今天，為了你，只要你不跟這個家一刀兩斷，我保證以後不會再跟他爭了……照理說，今天應該登廣告的是我。

明　文：你連這個也要跟我爭？你以為，我只是為了不想看你們吵架才做這件事？我要解脫的不只是家裡面的恩恩怨怨，我要放棄的是所有你可以想到值得爭取的不管是什麼。我不要什麼責任感、什麼社會良心，更不要他媽的罪惡感。

明　忠：……幹……（說著把手裡的標記往牆的方向丟）

明　文：（撿起標記）你應該丟用力一點，像這樣——（往明忠的

　　方向丟）幹你娘！

明　忠：（撿起來）爲什麼？

明　文：有時候失控的感覺很好。

明　忠：喔。（學明文的口氣用力丟）幹你娘！

明　文：對，再發洩一點。

明　忠：（撿起來再丟）我幹你娘雞巴！

　　慧嫻這時剛好出現在出口處。尷尬的沉默。

慧　嫻：明文，我爸爸要跟你講話。

明　文：說我沒空。

慧　嫻：我爸爸呢！

明　文：跟他講我不在。

慧　嫻：他說你不跟他講，他馬上坐車過來。

　　聽到這，明文馬上走向慧嫻。

明　文：煩！

慧　嫻：你就聽他講，不要講話，不要吵起來。二哥你坐一下。

　　兩人下。有短暫的一陣子，明忠無意識地看著牆上那個編織品。客廳燈漸暗。擔仔麵攤燈漸亮。清水獨自在喝台灣啤酒。不久，明文從右側上，手中端著一碗麵。

明　文：阿叔仔，又碰到你了。你常來吃？

讀 者 服 務 卡

您買的書是：＿＿＿＿＿＿＿＿＿＿＿＿＿＿＿＿＿＿＿＿＿＿＿＿

生日：＿＿＿＿＿年＿＿＿＿＿月＿＿＿＿＿日

學歷：□國中　　□高中　　□大專　　□研究所（含以上）

職業：□軍　　　□公　　　□教育　　□商　　　□農

　　　□服務業　□自由業　□學生　　□家管

　　　□製造業　□銷售員　□資訊業　□大眾傳播

　　　□醫藥業　□交通業　□貿易業　□其他＿＿＿＿＿＿＿＿＿＿

購買的日期：＿＿＿＿＿年＿＿＿＿＿月＿＿＿＿＿日

購書地點：□書店 □書展 □書報攤 □郵購 □直銷 □贈閱 □其他

您從那裡得知本書：□書店　□報紙　□雜誌　□網路　□親友介紹

　　　　　　　　　□DM傳單　□廣播　□電視　□其他

您對本書的評價：(請填代號 1.非常滿意 2.滿意 3.普通 4.不滿意 5.非常不滿意)

　　　　　　　內容＿＿＿＿　封面設計＿＿＿＿　版面設計＿＿＿＿

讀完本書後您覺得：

1.□非常喜歡　2.□喜歡　3.□普通　4.□不喜歡　5.□非常不喜歡

您對於本書建議：

感謝您的惠顧，為了提供更好的服務，請填妥各欄資料，將讀者服務卡直接寄回
或傳真本社，我們將隨時提供最新的出版、活動等相關訊息。
讀者服務專線：(02) 2228-1626　讀者傳真專線：(02) 2228-1598

235-62
台北縣中和市中正路800號13樓之3

印刻出版有限公司　收

讀者服務部

姓名：_____　性別：□男　□女

郵遞區號：_____

地址：_____

電話：(日)_____　(夜)_____

傳真：_____

e-mail：_____

清　水：才常常來吃而已？這是我的地盤呢！

明　文：我也常常來。台北所有的擔仔麵，只有這一間是正港從台南
　　　　來的。其他攏是假的。你喝湯頭就知。讚！別的攏好像馬尿
　　　　同款。

清　水：少年人淺就是淺。吃麵只吃湯頭的。

明　文：不然要吃什麼？

清　水：要吃它的歷史。

明　文：什麼歷史？

清　水：歹勢，我稍借問一下，你是誰啊？

明　文：我是阿文，你沒記了？

清　水：阿文？我大兄的——

明　文：對啦。

清　水：阿文，你又不是過年沒所在去的人，你跟我們這些湊什麼熱
　　　　鬧？

明　文：我是隨便走走，看這間還有開就進來吃了。

清　水：咿，今天報紙刊的這大篇是不是你啊？

明　文：是啊。

清　水：我平常時是沒在看報紙的，是我的一個朋友報我看的。你這
　　　　少年家真有卵葩噢。是史豔文喔。

明　文：安怎講？

清　水：轟動武林，驚動萬教！

明　文：沒啦。

清　水：來乾一杯！

明　文：阿叔，你喝就好。我替你倒。

清　水：你倒。好，倒，倒。

台語「倒」發音有點像「停」，明文聽錯就停下來不倒了。

清　水：是安怎？

明　文：你不是叫我停？

清　水：我叫你一直倒，哪有叫你停？

明　文：喔。（將酒倒滿）

清　水：你們這些少年家，台灣話越講越不輪轉。不過，阿文，我不
　　　　贊成你這樣做。

明　文：是安怎？

清　水：厝啊再安怎，我們也不能講要跟它散就散。你看我清水仔，
　　　　我們田家的人攏把我當作廢人，當作狷仔，攏在我背後講：
　　　　「那塊名叫做清水仔，但頭殼內底攏是水溝泥。」

明　文：這你攏知？

清　水：我哪會不知？我是裝憨裝狷，但是我的頭腦比那些講我狷仔
　　　　要更卡清楚。我們台灣人最愛講人是狷仔啦，不然就是番仔
　　　　啦。你若是做一點跟大家沒什麼同款的，別人就講你不正
　　　　常。這就是人在講的「陳林滿天下，姓田仔給狗咬」。

明　文：什麼意思？

清　水：你自己姓田的攏不知？

明　文：不知。

清　水：我們台灣不是姓陳的、姓林的一大堆？但是姓田的沒幾個。
　　　　若沒幾個連狗就不認識你，不認識你就要給你咬囉。我們田
　　　　家的攏講我不正常。但是ㄟ孫娘娘，你給它聽看看，到底是
　　　　誰不正常。我三不五時會去你二叔的厝去給他借淡薄錢。這
　　　　奇怪的，你給它聽看看，我每次去他家，你二嬸都把桌頂上

　　　的所有可以吃的物件攏總收來。我如果提這項要吃，她就講
　　　不行，那是要拜拜用的。提那項她也講不行，也是要拜拜用
　　　的。唉，奇怪呢，我每次去她家，她每次都是在拜拜。我們
　　　人噢，拜拜是眞好，但是乁孫娘娘，每天在拜就有稍微那個
　　　了那個了，你知影我的意思沒？

明　文：我知啦。

清　水：我是講到那位去啊？噢，對啦，阿——阿——

明　文：阿文。

清　水：阿文，我知啦！阿叔給你講，我們田家算是不要我了，但是
　　　我永遠就不會講我不要這個我們田家。你聽有沒？

明　文：阿叔仔，那我來去。

清　水：好，也無風也無雨，緊回去，緊回去。

明　文：（從口袋拿出現金）阿叔仔，我這一些錢你收起來。

清　水：免啦，免啦！

明　文：沒要緊啦！阿叔。

清　水：唉約，免啦，沒就免啦。

明　文：免喔？（準備把錢放回口袋）

清　水：（趕緊將錢抓過來）好啦，我就給你收起來。

　　　明文下，清水開始數錢。

清　水：現在的少年的實在是……跟他客氣，他還以爲……一、二、
　　　三、四……

　　　擔仔麵攤燈漸暗。客廳燈漸亮，明忠一人正在找剛才被他

　　　　亂丟的標記。門鈴響。明忠走去開門，是明義、秋霞、淑
　　　　潔。明義手上拿著一大堆報紙及一些春聯。

明　　義：（指著報紙）阿文呢？他是起痟了嗎?!（打開報紙）我剛
　　　　　才去買春聯，順便買報紙。報紙一開我差一點沒昏倒。你
　　　　　看，「聲明作廢」四個字那麼大！他人呢？

明　　忠：他在跟他的岳父講電話。（問淑潔）你怎麼也來了？

淑　　潔：我在替人客做臉做到一半，另外一個人客看到報紙給我講。
　　　　　我就代誌交代一下，就趕來了。

秋　　霞：我也是。我去菜市仔準備今天拜拜的物件，賣魚的給我講我
　　　　　還不信，後來是賣豬肉的提報紙給我看，我才知影。菜才買
　　　　　到一半，我就趕緊回家了。

淑　　潔：連賣魚的、賣豬肉的也知影囉？

秋　　霞：就是啊，我是見笑死了。以後我不敢再去那買菜了。

淑　　潔：去超市買卡乾淨，也免跟那些賣魚賣肉的囉哩囉唆。

明　　義：今天是除夕呢，他偏偏要給我搞這個！你有給他罵沒？

明　　忠：沒啊。

明　　義：沒?! 好，等一下你們攏免插嘴，讓你爸來！

明　　忠：好好地講，你越罵他越不睬你。阿兄，我在想，阿爸遺產的
　　　　　代誌，我隨你處理，我完全沒意見。

明　　義：這我知啦。我來這之前已經有打算了。我會公平合理地處
　　　　　理。

秋　　霞：對啦，大家免再計較了啦。

淑　　潔：對啦，這樣最好啦。

明　　義：這樣我要借錢的代誌拜託一下。

明　忠：那以後再講。

　　四人現在才有時間注意到他們所處的空間。淑潔好像在找
　　什麼東西。

秋　霞：他們家哪會布置成這種款？整間厝空空空。

明　義：這款布置哪像個厝？到底是要給人參觀，還是要住的？

淑　潔：大兄，他們這種設計是現代的，卡時髦。

明　義：時髦一塊尻川啦。（坐在沙發）這是什麼款的「膨椅」
　　　　（注：沙發），硬殼殼的，叫人要安怎坐？

秋　霞：住這種厝，好像住美術館。

明　義：（指著牆上的編織品）那是什麼破布，掛在那怎能看？

明　忠：那是美國買的。

淑　潔：怎麼沒有桌布？

明　義：（指著編織品）那裡有一塊。

明　忠：免再整理別人家了啦！

淑　潔：他們搬來以後，你們還沒來過？

明　義：沒啊。你們呢？

明　忠：也沒。

秋　霞：他們搬來的時陣，我就叫他們得要辦入厝請人客來討個吉
　　　　利，他們就講現在的少年人不來這套。他們要買厝的時候，
　　　　我就講要幫他們一起找，他們也不睬我。結果買一棟大樓的
　　　　頂樓。他大兄是蓋房子的，他不跟大兄買，結果跟別人買，
　　　　買這款厝。

明　義：大樓不好，頂樓更加不通，火燒厝都沒地方跑。還是一樓卡

好。

淑　潔：一樓最安全。

明　義：買厝就要買一樓的。像我們田家以前攏是種田的，在台南的
　　　　厝，還是那款三合院的。細漢的時陣日子眞好過，日時四界
　　　　玩──

明　忠：玩彈珠、紙牌、踢銅罐仔……

明　義：肚子餓就在田裡挖荸薺來吃……暗時就坐在樹下聽老大人講
　　　　古……

　　　　突然傳來明文的咆哮。

明　文：（場外）我不要再聽你講故事了。反正我事情都做了。再
　　　　見！

慧　嫻：（場外）你幹嘛那麼凶啊？我叫你好好講嘛。

　　　　兩人走進客廳。

明　文：去他的！

慧　嫻：他是我爸爸呢！

明　文：（看到四人）喔，都到齊了。

明　義：阿文，我不想再跟你吵了。我出錢──

明　文：做啥？

明　義：再去登一個「聲明作廢」的廣告，把你今天登的「聲明作廢」
　　　　作廢掉。

明　文：田明義先生。

明　義：什麼田明義先生？

明　文：（故意咬文嚼字）我們兩人已經沒有血緣關係，所以以後
　　　　我不能叫你大兄。田明義先生，你剛才的要求，對不起，我
　　　　辦不到。我登那個聲明啓事，不是一時吃錯藥，或一時衝
　　　　動。其實，我已經醞釀很久了。

明　義：他是在講啥肖？阿文，我給你講，若是爲了遺產的代誌，我
　　　　會重新算，我跟阿爸兩個人的帳不會算進去——

淑　潔：阿爸欠我們的錢也免算了。（問慧嫻）你有桌布沒？

　　　　明忠這時又開始在地上找他剛才丟的標記。

明　義：這樣最好。到時候算出來後，一分錢都不讓你吃虧。而且，
　　　　我跟阿忠也不會再爲了錢冤了。只要你不要和這個家庭一刀
　　　　兩斷。

明　文：爲什麼今天刊報紙的是我，但是你們的壓力比我大？

淑　潔：（問明忠）你在找啥？

明　忠：沒啥……

明　義：因爲我們不要你走上絕路。一個人在世間，除了家庭還有什
　　　　麼？你知影沒，如果你脫離這個家庭，你就脫離這個社會。

明　文：又怎樣？有時候我看台灣這樣亂，我都有一種衝動想跟台灣
　　　　脫離關係！哪一天把我惹火了，我就他媽乾脆跟這個世界一
　　　　刀兩斷算了！

明　義：你跟世界一刀兩斷，到時你要住哪？火星噢？（問明忠）你
　　　　是在找啥啦？地上有金仔嗎？

明　忠：沒啦……

明　義：阿文啊，大學教授還會講出這款沒有知識的話，讀冊讀到壁
　　　　了。這個世界沒有國家、沒有家庭，還算什麼文明？根本就
　　　　是回到野蠻的時代。

明　文：有家庭、有國家，我們還不是一樣很野蠻？我們大人野蠻，
　　　　小孩子跟著我們野蠻。有一天我上課上到一半，突然告訴學
　　　　生說，其實我覺得沒有核子戰爭的威脅實在有點可惜。學生
　　　　聽得目瞪口呆。我告訴他們，這個世界需要核子戰爭來徹底
　　　　毀滅，只有這樣人類才可以重新來過。學生以為我在開玩
　　　　笑，大家哈哈大笑。其實我說的是真心話。我就是希望回到
　　　　野蠻的時代。

　　慧嫻撿起地上的標記，將它交給明忠。

明　忠：謝謝。

明　義：你到底是要啥？

明　文：什麼攏不要。

明　義：敢講你什麼攏不在乎？

明　文：什麼攏不在乎。

明　義：若正經有一天，你太太也要跟你脫離關係，你也不管？

明　文：真的有那一天，也是她家的代誌。

明　義：照你這樣講，你什麼攏不要？

明　文：你是蓋房子的人應該清楚。房子若是地基沒做好，不是這裡
　　　　補一下，那裡加個柱子就可以了。有時候要把它全部拆掉，
　　　　重新蓋個新的才可以。新的要是還是沒蓋好，得要再拆，重
　　　　新再蓋。

明　義：難道你要像清水叔仔那個廢人同款？吃到六十幾了，什麼攏
　　　　沒？

明　文：很剛好，我今天下午去吃麵的時候又碰到清水叔仔。

明　義：哪會又碰到？你們兩個是在約會是不？

明　文：他是一個眞有意思的人……

明　義：那款猾人，哪有──

明　文：免再講清水叔仔是猾仔！他若是猾仔，這樣阿爸也是猾仔。

　　　　燈光變化。時間轉換成七年前田父失蹤的第二天。

明　忠：到底是什麼大代誌？

明　文：對啊，我明天早上八點還要教書。

明　義：是阿爸他啦。他上禮拜給我講要搬出去住。

明　忠：什麼？

明　文：是安怎？

明　義：我問他爲什麼要搬出去住，他什麼攏不講，就是堅持要搬。

明　文：阿爸現在人呢？

明　義：出去了。我是等他出去才叫你們來的。

明　忠：你確定？

秋　霞：確定啦。他每次出去散步穿的卡其衣和卡其褲攏沒在。他攏
　　　　嘛是吃飽後就出去走走，八九點才回來睏的。

明　義：我剛才有去開阿爸房間的門看看，他不在。

明　忠：到底是發生什麼問題？

明　義：我也不知──

明　文：你哪會不知？你若要要參詳就把代誌講清楚，不然要安怎參

詳？

明　義：阿道……這是我的猜想……阿爸退休這半年，秋霞對他講話
　　　　有時候是稍微超過——

秋　霞：我哪有？!

明　忠：是多超過？

明　義：阿道——

明　忠：你這個做先生的不會稍管一下？

明　義：我當然是有給她罵，但是她就一隻嘴——

秋　霞：我什麼嘴？你不要什麼都賴到我這。你自己對阿爸講話也不
　　　　是很好聽。

明　文：大嫂，你是以為阿爸財產攏給我們了，沒錢可以撈了，就可
　　　　以亂來了？

秋　霞：你講啥？! 我敢是那款人？

明　義：你免講得那麼難聽噢！

秋　霞：你給我把話講清楚，不然我今天跟你沒完！

明　忠：這很好解決嘛，叫她給阿爸好好的「悔失禮」！（注：道謙）

淑　潔：對啦。叫她悔失禮就沒代誌了。

秋　霞：她她她，她是誰？我人在這，有話要給我講，你對我講，免
　　　　在那她來她去。

明　義：代誌是這樣。最近阿霞感覺我們兩人住的那間太小間，她叫
　　　　我把一面牆打掉，然後從那邊蓋過來，這樣我們的臥室就比
　　　　較大間，但是我給她講，這樣做整間厝的結構會破壞掉——

秋　霞：結構一塊轟。隔壁也是這樣做，他們厝也沒倒，結構稍改一
　　　　下有什麼大不了的。台灣現在——

明　義：這你不懂，隔壁也不懂。他們把那個厝內最重要的牆打掉，

他們的結構變了，也會影響我們的厝。那是現在看不出來而已。所以我沒答應秋霞，她就講，看可不可以阿爸住的那一間套房跟我們那一間換。

秋　霞：套房那一間卡大間，阿爸一個人住實在是浪費——不是，是太大啦——我們那一間他一個人住也有夠擴了。

明　義：我講不行。阿爸自從從台南搬到台北，就一直睏那間，也快睏一世人了，你叫他換房間他哪會慣習？哪知影，過沒幾天，她自己去給阿爸講。

秋　霞：我也很客氣地問他的意見，也沒叫他一定要換。

明　忠：這款代誌，用頭腦想就好，對頂輩仔就是問也不能問。

秋　霞：對啦，你頭腦最好啦。

明　義：阿霞問了後沒幾天，阿爸就講他要去外口租厝。我就叫阿爸不要生氣。但是阿爸堅持要搬，我有嘴講到沒口水，他還是要搬。我自己在蓋厝的人，自己的阿爸出去給人租厝，給人知影我不是會被人笑死。所以我找你們來——尤其是阿忠——是希望大家參詳一下，看要安怎？

明　忠：什麼意思，尤其是我？

明　義：阿爸可不可以搬去你那？

秋　霞：對啊，你們那間厝有三間房，你和阿淑兩個人住太擴啦。

淑　潔：沒人住的那兩間攏是物件一大堆，亂七八糟，而且也都太小。

秋　霞：你平常那麼會整理的人，厝內也會亂七八糟？你要是嫌小，就把你們那間套房讓給阿爸，不就好了？

明　忠：我們三間臥室攏很小，（對明義）你應該很清楚，厝是你蓋的。這攏不是問題，問題是我和阿淑攏沒閒的，早上出去，

　　　　晚上十點多才回來，根本沒法度照顧阿爸。

秋　霞：這哪有什麼要緊，我也是天天不在。

明　義：我也是整天公司、工地兩邊走，晚上還要應酬，也很少在
　　　　家。又再講，阿爸自己會料理，沒需要人照顧。

明　忠：但是，阿淑身體不好──

淑　潔：阿爸又愛吃菸──

秋　霞：噢你這不是在嫌阿爸，不然是啥？

明　義：那些攏不是問題。好不，你把阿爸接去住。又再講，你那間
　　　　厝也是阿爸買的。

明　忠：不行啦。不太方便──

明　文：免囉唆啦，叫阿爸來跟我住。

慧　嫻：明文！

淑　潔：對啦，這樣最圓滿。

　　　短暫的沉默。

明　義：阿爸講他不要跟你住。

明　文：什麼？阿爸講啥？!

明　義：他不想要跟你住。

明　文：哪有可能？阿爸是安怎不願意跟我住？你有問他為什麼沒？

明　義：反正他講去你那邊住是絕對沒可能的代誌。

明　文：總是要有個理由啊！

明　義：他什麼理由攏沒講。

　　　燈光轉換。轉換完，時空已回到現在。

明　義：哪知道，你們走了以後，阿爸到十點還沒回來。我再去阿爸的房間巡巡，才發現阿爸根本就攏沒出去，一個人坐在套房內底的便所。我們那一天講的話，他攏聽到了。

明　文：這你七年前就講過了。

明　義：但是……但是，後來發生的代誌你們不知。阿爸坐在浴室內底給我講，他對我們三個兄弟失望也不是一日兩日的代誌。他要搬出去是他對自己失望。他講，不管如何，他一定要離開這個家庭。我問他爲什麼，他就講理由很複雜，一時也講不清楚。但是，他叫我等他離開了後，叫我做一件代誌，但是我做不到……

明　文：叫你做啥？

明　忠：是安怎做不到？

明　義：因爲有些代誌我不想知影。

明　文：到底阿爸叫你做啥你講啊！

明　忠：有什麼不能講的嘛？

明　義：阿爸叫我……叫我……偷偷地替他向慧嫻悔失禮。

明　文：是安怎要對慧嫻悔失禮？

明　忠：哪會……

秋　霞：慧嫻，到底是安怎？

淑　潔：哎喲……

明　義：慧嫻，你沒必要講。

明　文：不行，慧嫻，你一定要講。

秋　霞：對，一定要講！

慧　嫻：（對明文）你記不記得，你第一次要把我介紹給你家人那天。我從中壢坐火車到台北車站，你開車來接我。我車子早

到了幾分鐘，你開車剛好晚到了。就在等你的那幾分鐘，有一個長得很猥褻的老頭子跟我搭訕，他露出他的那個，還抓我的手去摸。我嚇得趕快跑——

明　文：這些你在車上都跟我說過了。

慧　嫻：後來，你帶我到你家。大家都在，只有你爸爸不在。一切都很好，他們也對我很好，可是就在你爸爸走進門的時候——

明　文：什麼?!

慧　嫻：我才發現你爸爸就是——

明　忠：狗屁！

淑　潔：不可能……

明　義：好了啦，免講了。

慧　嫻：就是那個剛才在火車站跟我搭訕的老頭。

明　忠：你不要侮辱我爸爸！你再說——

慧　嫻：當時我全身發抖，全身血往腳底沉。

明　忠：我就揍你！

慧　嫻：你爸爸也認出我來了，趕快進去換衣服，出來時一直用毛巾擦臉，就怕我認出他來。

明　忠：我幹你——

　　　明忠衝去打慧嫻，被明義和淑潔抓住。

明　義：阿忠！

淑　潔：不要這樣。

明　忠：你再講！

明　義：有我在你不要亂來！

秋　霞：（幸災樂禍）原來是這樣喔！

　　　短暫的無語。

明　義：你可能看錯人了。

慧　嫻：沒有。他當天在車站穿的，就是平常出門穿的卡其衣和卡其褲。一直到走出你家我才能好好呼吸，但是還是在車上吐了。我回家也不敢跟我家人說。

明　義：不管你安怎講，我還是無法度相信，阿爸是那款人。

慧　嫻：那他為什麼要向我悔失禮？

秋　霞：原來是這樣。難怪慧嫻自嫁到我們厝，就不敢跟阿爸講話。阿爸走到客廳，慧嫻就走到飯廳，阿爸走到飯廳，她就走到客廳。

明　義：阿文，不管安怎，你只要記得阿爸這世人對我們真好就好了。我沒讀什麼冊，沒你和阿忠那麼有學問，講一下國語，就被你們笑。這世人我所懂的，安怎做生理，安怎做人，安怎對待別人，攏是阿爸教我的。自我開始懂事以後，阿爸就給我講，我是大孫又是大兒，所以厝就是我最大的責任，好像你們兩個就什麼責任攏沒。你們可以自私，追求你們個人的想法，我不能說要跟家庭脫離這款話，我不行，因為我是大孫又是大兒。我所做的所想的攏是照阿爸講的。不管安怎，阿爸還是我心目中的阿爸……

　　　遠處傳來鞭炮聲。

明　義：好啦，時間不早了，別人已經在拜囉，我要回去了。阿忠，
　　　　四點拜天公，卡早來一點。

秋　霞：他們會啦。

明　義：阿文？

　　　　阿文不答。

明　義：阿文，你今天還是回來吃飯好不？

　　　　明文還是不答。

明　義：那我們來去了。

秋　霞：回來啦，我們等你吃飯。

明　義：回來啦。給阿爸拜一下，跟他講你回來給他拜年。

　　　　明義和明忠兩對夫妻人慢慢走出門外，明文和慧嫻兩人站
　　　　在原地。

明　文：我不知道該怎麼想……大家都說我阿爸最是理性的人。而且
　　　　我跟他住了一輩子，完全沒有蛛絲馬跡，怎麼可能呢？

慧　嫻：你大嫂在外面討客兄，對你大哥來說有什麼蛛絲馬跡？

明　文：故事那麼多版本，你要我相信哪一個？我問你，如果火車站
　　　　那個人真的是我爸爸，為什麼你還要決定跟我結婚？

慧　嫻：你是你，你爸爸是你爸爸。我不能管你爸爸是什麼樣的人，
　　　　我也不能因為你爸爸怎樣而怪你怎樣。可是，我還記得在美

　　　　國剛認識你的時候，你一直定不下來，我很怕是不是有遺傳的因素。我雖然怕，還是決定跟你結婚。結婚以後，我試著要跟你爸爸講話，想告訴他我原諒他，可是我講不出口，而且你爸爸也根本不敢面對我，跟大嫂剛才講的剛好相反。每次到你大哥家，我人走到客廳，你爸爸就走到飯廳，我走到飯廳，他就走到客廳。老實說，你爸爸離家出走我其實很高興。

明　文：今天就這樣蓋棺論定了嗎？可是，你知道嗎，縱使你講的是真的，縱使這幾年我爸爸還在火車站對女孩做一些猥褻的要求，我相信我爸爸離家出走，絕對不只是為了你的緣故。

慧　嫻：隨便你，如果你這樣想會比較好過的話。

明　文：你以為一個故事就可以把一個人毀掉？我每天走在校園，看到漂亮的女學生，也會有一些骯髒的念頭，難道我這樣就不正常？就很可怕？

慧　嫻：那要看你有沒有真的去做。

明　文：那你呢？你為了打贏官司，花錢賄賂法官，你就不猥褻？我不知道……甚至我爸爸猥褻的行為的背後，還是有——有，讓我——讓我佩服的一面，你知道嗎？

慧　嫻：你真的這樣想嗎？

　　　頓。

明　文：真的。

慧　嫻：那我就完全不了解你了。剛才你大哥問你，要是哪一天我也離家出走，你說：「那是她的事。」

明　文：如果哪天你要離開我，我能怎樣？

慧　嫻：這次你登報的事，讓我覺得很可怕。你只會口口聲聲講追
　　　　求，講超越，講什麼黑色的情緒，其實你只是一個極端自私
　　　　的人。如果你連家人都可以不要，你還有什麼捨不得的？要
　　　　是有一天你登報，把我聲明作廢，我一點都不會驚訝。

　　　　沉默。

慧　嫻：我也要走了。

　　　　明文不動也不回話。

慧　嫻：我要走了。

明　文：你要去哪？

慧　嫻：我爸媽叫我回家，可是我沒心情回家。

明　文：那你要去哪？

　　　　慧嫻走向門口。

明　文：其實你們都搞錯了。我今天真正做的，是把我自己聲明作
　　　　廢。

　　　　慧嫻走出去，關上門。明文立於原處。燈漸暗……

全劇終

好久不見

不見

Long Time No See

家庭三部曲之3

時間：	2004	
地點：	台北	

人物：	導演	GY8715	小明
	林王惠淑	林崇光	蕭秉仁
	小維	林崇亮	阿敏
	清水	店長	店員
	阿雲	舞監	道具
	阿忠	皮蛋	George
	男女數名	親戚數名	賭客數名
	老人數名	龍套數名	

注：本劇角色眾多，必要時可一人飾演多角，但飾演以下
六位關鍵人物的演員，應避免分飾其他角色，以免混
淆。他們是：清水、阿敏、蕭秉仁、小明、導演、阿
忠。於服裝設計上，應從這六位角色出發，先確定他
們的色調，然後再擴散至其他角色。

舞台

舞台正後方有一布幕，可從後方投影。影像出現的方式多種，有靜物照片、幻燈片、電腦MSN顯示；有時可為動畫，甚至是電影。舞台左右有四道凸出的翼幕，每一場使用的平台即由翼幕間推出。原則上，每一場景都會使用平台，上面裝置著該場景所需之

道具。平台推出時，大部分的演員雖已站平台上，但演出的區域
並不侷限於平台上：他們可隨時步下平台。
布幕及右舞台最後一道翼幕之間有一懸吊的走道，其前後有木製
的欄杆。

序場

燈亮。

導演站在舞台正中，拿出掛在胸前的一支手機，作勢將手機關閉後，放下。突然想起，從褲子左邊腰際拿出另一支手機，作勢將手機關閉。

持著手機，導演開始說話。他說話時，剛開始似乎是對觀眾講話，講了幾句之後，他大部份的時候是朝著舞台的兩側及後方。

導　演：小學開學第一天。全校舉行朝會。訓導長站在台上指揮我們排隊立正站好。他的神態好不威風，我第一次看到他就非常崇拜，覺得將來我長大就是要像他。（長大以後我才覺悟到，那個老GY其實是法西斯的走狗，如果希特勒是他的偶像我一點都不會驚訝，但這不是我要講的。）我要講的是，不管訓導主任怎麼說，大家還是沒有排隊立正站好。小學生嘛，他們懂什麼，對不對？但是有一個人懂，那就是小明。小明有名無姓，是個普通的小孩，有個甜蜜的家，前面有小河，後面有山坡。有關他的無聊事蹟都被寫進小學課本，因為他有一個美德：他很聽話，非常孝順。回到故事：我看到小明一人乖乖站好，再看著其他同學還在那邊推推拉拉的，我怒火中燒，在我還沒意識到之前，我已經對他們大喊：「統統給我立正站好！」我這一喊把大家嚇得紛紛立正站好，比訓導長的鬼叫還要有效。（後來全班看我是個小GY就選我做警衛股長，但這也不是我要講的。）今天，我們第

一次整排，等一下整排時，大家給我聽著：我不希望有任何
的干擾，任何的delay。所以，各位演員及工作人員，馬上關
掉手機，連震動的都不要。我說現在啊！（頓）關掉沒？
好！整排形同正式演出，如果有人落詞或吃螺絲——（突然
舞台右翼手機作響）我他媽的不是叫你馬上關掉嗎？（邊
說邊將手中的手機丟向右側。音效：重擊聲及哀號聲）好，
大家stand by，三分鐘後整排開始！

燈漸暗。

第一場

破曉時分，荒郊野外。
黑暗中，先是一片沉寂。忽地傳來緊急煞車和金屬碰撞的
音效。
燈乍亮。
著西裝、打領帶的GY8715手持高爾夫球杆，從左側的階梯
衝向走道。同時，小明以同樣的速度從右側的階梯衝向走
道。小明右手握著左輪手槍，因藏於身體右側，GY8715及
觀眾都看不到。

GY8715：你車子是這樣開的嗎？
小　　明：老子高興。
GY8715：我操你媽了個——

GY8715邊說邊舉起球杆，打向小明。小明忽地舉起手槍，
對方頓時煞住。

小　　明：屄。

小明開槍，砰的一聲，GY8715應聲倒地。
小明環顧四周，迅速離去。
燈漸暗。

第二場

燈亮。
林王惠淑坐在懸空走道的椅上。
蕭秉仁坐在沙發上，欣賞著手裡的一張CD，身後置有音箱
一套，喇叭一組。
林崇亮坐在蒸汽室裡，全身只腰下裹著一條白毛巾；站在
一旁的是小明，也是赤裸著上身，腰下裹著白毛巾。
林王惠淑眼光呆滯地看著窗外。她丈夫林崇光從左側暗處
步上走道，邊走邊整理西裝和領帶。
林崇光的台詞大部分為台語。

林崇光：我要來去了。

林王惠淑不轉頭，也不回應。

林崇光：今天，有很多親戚要來。你要卡早準備一下。

　　林王惠淑仍彷彿沒有聽聞，林崇光消失於走道右側。
　　舞台左前，蕭秉仁之妻，小維，穿著洋裝、提著公事包
上。

小　維：我去上班囉。
蕭秉仁：好。

　　蕭秉仁小心翼翼地用指甲試圖剝開CD的塑膠包裝。

小　維：你不會用剪刀嗎？
蕭秉仁：不行，剪刀會弄出割痕。
小　維：再換個CD殼不就好了？
蕭秉仁：這一張是有紀念價值的，是Miles Davis一九八九年在柏林圍
　　　　牆倒塌現場的演奏專輯。市面上沒有幾張，我好不容易才買
　　　　到的，不能有割痕。換個CD盒感覺就不一樣了。
小　維：有那麼嚴重嗎？
蕭秉仁：有。
小　維：下午不是有interview嗎？
蕭秉仁：我知道。
小　維：別再忘了喔。

　　舞台右前，林崇亮和小明開始講話。
　　林崇亮的台詞大部分是台語，小明則國台語夾雜。

林崇亮：爲什麼？

小　明：不是他就是我。

林崇亮：他拿什麼？

小　明：高爾夫球杆。

林崇亮：有需要到開槍的地步嗎？

小　明：不是他就是我。

林崇亮：槍呢？去拿來給我。

　　　小明將手探入毛巾裡，從胯下抽出手槍。

林崇亮：你是狗仔嗎？連洗三溫暖還得帶手槍？

小　明：慣習了。

　　　林崇亮接過手槍。突然坐直、起立，扣起扳機，把槍口對
　　　著小明。小明嚇得霍然退後一步。

小　明：舅公！

林崇亮：我跟你講過，在外頭不准叫我舅公。

小　明：董仔！

林崇亮：我現在開槍，你想啥款？

小　明：是安怎？

林崇亮：不是你就是我。

小　明：我……我又沒有拿高爾夫球杆要……

林崇亮：你隨便殺人對我、對我的公司就是一種威脅。

　　林崇亮拉回扳機，小明鬆了一口氣。

林崇亮：我小漢的時候，有一次跟我二兄相打，我打不過我二兄，我
　　　　就對他罵「幹你娘」，不知道我阿爸就站在我後面。（走向
　　　　小明，就他以下講的話對著後者照做）他先甩我嘴皮，然
　　　　後抓著我的領襟，像這樣轉一圈，把我逼到牆邊，兩粒眼睛
　　　　像龍眼似地盯著我。他對我講：「『幹你娘』不能隨便罵，
　　　　尤其不能用來罵自己人。」他又講：「青菜要對時，殺豬要
　　　　看日子，幹你娘要看對象、時機和力道。你的幹你娘對象不
　　　　對、時機不好、力道也不夠。我講一次給你聽：幹你娘！你
　　　　現在講一次給我聽看。」

　　林崇亮學他父親講的三字經的時候，在「幹」字加了ng的
　　音，在「娘」字也加上了尾音。

林崇亮：講啊！
小　明：你現在是在講故事，還是——
林崇亮：我現在是要你講一次。
小　明：幹ng……我不敢講。

　　林崇亮放開小明，坐下。

林崇亮：你還站在那做啥？還不出去外面看看，看還有誰可以殺的。

　　小明悻悻然走開。

林崇亮：阿明。

小　明：嗯？

林崇亮：今天晚上不能有代誌。

小　明：什麼代誌？

林崇亮：有代誌。

　　　小明走沒幾步又折回。

小　明：董仔……你以後……是不是可以不要叫我阿明？

林崇亮：不然要叫什麼？叫你的本名──小明？

小　明：更加不好。

林崇亮：那你要我怎麼叫你？

小　明：我自己取了一個綽號。

林崇亮：叫啥？

小　明：叫黑面仔。

林崇亮：你是電影看太多嗎？你若是黑面仔，我不是變白尻川仔？這
　　　　樣好了，我叫你「大仔」好不？

小　明：我不敢。

林崇亮：不要棄嫌自己的本名。人不管做啥攏可以，就是不能忘本，
　　　　厝裡要顧，祖先要拜，知沒？

小　明：我知。

　　　小明走出場外。

　　　蕭秉仁還在拆CD。

　　　走道上的林王惠淑仍坐在椅上看著窗外。

燈暗。

第三場

蕭秉仁還在忙著拆CD。

燈亮。

林王惠淑起身，從後面階梯下。

布幕上出現電腦MSN的對話。

阿　敏：決定了

小　維：什麼

阿　敏：今天一定要做平常不做的事

小　維：比如

阿　敏：撞車

小　維：No（符號）

阿　敏：跳河

小　維：No

阿　敏：吃檳榔

小　維：可

阿　敏：裸奔

小　維：先隆乳

阿　敏：買春

小　維：帶我去

　　阿敏與小維走出翼幕，雙方以手機交談，慢慢走到台前，

　但不站定，分別走來走去，有時面向觀眾，有時背對著他
　們。

小　維：阿敏——

阿　敏：不要叫我阿敏。阿敏只有我媽、跟我親戚在叫。

小　維：小敏阿敏還不是一樣。

阿　敏：就是不一樣。

小　維：好吧。

阿　敏：我昨天清晨四點才睡。

小　維：睡不著啊？

阿　敏：我不想睡。

小　維：為什麼？

阿　敏：我故意不睡就是要把事情想清楚。

小　維：什麼事？

阿　敏：你知道嗎，小維，為什麼那麼多想過自殺的人都沒有自殺？
　　　　因為自殺太麻煩。還有，因為他們怕不成功，怕跳樓沒死反
　　　　而變成殘廢，怕吃了整瓶的安眠藥居然還被救醒、被迫洗
　　　　腸，怕燒炭燒了半天只是被嗆到。

小　維：一大早就談自殺不太吉利吧。

阿　敏：可惜我沒有資格自殺。我還有老媽要照顧，有房貸要繳，有
　　　　貓咪要養，我怎麼能自殺？我只是決定：今天要過得不一
　　　　樣。以前考大學的前幾個月，我一直祈禱第三次世界大戰會
　　　　發生，後來沒發生讓我很失望，後來考上了，我很慶幸還好
　　　　沒發生。我現在又希望它會發生。

小　維：不要吧？戰爭一發生，所有的mall都得關門，你要我怎麼活

啊？

阿　敏：那就不要戰爭。只要任何可以改變現狀的事都可以。我不能
　　　　像你一樣只要血拼就滿足了。對不起，你懂我的意思。

小　維：對不什麼起？我為shopping而活，這沒什麼好丟臉的。我只
　　　　有想到下班可以去shopping，我才甘願去上班；只要想到明
　　　　天還有更多的百貨公司要逛，我才甘願回家。

阿　敏：回家睡覺只為了明天可以逛更多的mall。

小　維：對啊，可惜就沒有像誠品那樣，有開二十四小時的mall。

阿　敏：有的話你就可以不必回家了。

小　維：不是，我可以在那裡露營。

阿　敏：人生不能只有這樣，我是說我。我需要煙火，我需要刺激。

小　維：你需要sex。

阿　敏：我需要sex。所以我今天可能會辭職，也可能會釣男人或乾脆
　　　　去找牛郎。不跟你講了，我要坐捷運了。

小　維：你不是說你那個新來的編劇蠻可愛的嗎？

阿　敏：他是天真得很白癡，白癡得很可愛，可是我受不了他的笑
　　　　聲。

小　維：他怎麼笑？

阿　敏：呵呵。呵呵。尷尬也呵呵，興奮也呵呵。

小　維：叫床也呵呵。

阿　敏：搞不好。

小　維：我跟你講，大不了做愛的時候用絲襪把他的嘴巴堵起來就是
　　　　了。

阿　敏：這個idea不錯。有絲襪就有希望，我心情突然好一點了。

小　維：這麼熱的天氣你有穿絲襪嗎？

阿　敏：我等一下就去買。

　　　　之前，林王惠淑提著有輪子的菜籃，從翼幕走出，走到舞
　　　　台另一端，下。
　　　　同時，小學生背著厚重的背包從翼幕走出，與林王惠淑錯
　　　　身而過，消失於舞台另一端。
　　　　小維和阿敏交叉，分別走向舞台左右側，阿敏經過的地方
　　　　剛好在蕭秉仁的後方。
　　　　小維和阿敏下場後，舞台的燈光只剩下蕭秉仁的區位。蕭
　　　　秉仁還在拆CD。他很小心地拆，因為太小心還是沒拆成，
　　　　有幾次他想用牙齒刮，但又不捨。

蕭秉仁：（對著手上的CD）去你媽的！

　　　　說完，蕭秉仁氣憤地將CD放在椅子上。走出翼幕。
　　　　三秒過後，蕭秉仁走進，手裡拿著一根鐵鎚，走到椅子
　　　　邊，對著上面的CD猛敲。

蕭秉仁：去你的去你的去你的去你的！

　　　　敲完的蕭秉仁洩氣地站在原地，看著手裡的鐵鎚。
　　　　燈漸暗。

第四場

　　　　燈亮。

　　　　舞台出現便利商店的櫃檯，其後有店員和店長。

　　　　店裡販賣一些商品如速食麵、零食、文具、飲料等等，還
　　　　有垃圾桶及報紙架。

　　　　櫃檯右側有兩道自動門。

　　　　燈亮時，已有一兩位顧客在看東西，報紙架那有一人正在
　　　　翻看報紙。

　　　　一位顧客走進自動門。

店　　員：（機械地）歡迎光臨。

　　　　那位顧客急著買報紙，但被翻看報紙的男子擋著。

顧　　客：先生，你到底要不要買報紙？
看報男子：我正在選。
顧　　客：要選到旁邊選，我要買報紙。

　　　　看報男子不情願地讓出一點空間，顧客向前，故意碰到男
　　　　子，迅速地拿了一份報紙。兩人互瞪。

顧　　客：你以為這裡是誠品啊？

　　　　顧客過去櫃檯付錢。

顧　客：媽的，每天都碰到這種二百五，連十塊都要佔便宜。

　　　　顧客付錢拿了報紙和發票走出去。

店　員：謝謝光臨。

　　　　看報男子繼續看報，一男一女走進店裡，邊走邊交談。

店　員：歡迎光臨。
女　　：你一定要叱人家嗎？
男　　：該叱就叱，那客氣啊！他們不知道在馬路上賣玉蘭花是很危
　　　　險的嗎？
女　　：人家總是要過日子的嘛。
男　　：日子當然要過，可是總是要有個秩序，不然法律是幹什麼用
　　　　的？媽的，要是我撞到他，倒楣的是不是我？
女　　：（問店長）你們文具在哪裡？
店　長：那邊。

　　　　一男一女朝店長所指的方向走去。
　　　　那個拆CD不成的蕭秉仁走進，身著西服，手拎著公事包。

店　員：歡迎光臨。
店　長：（同時）歡迎光臨。

　　　　蕭秉仁走向飲料區。

　　這時，清水走入，提著一只裝有些許鋁罐的黑色塑膠袋。
以下他與店長與店員的互動引起蕭秉仁的注意。他一邊找
飲料，一邊觀察他們。

　　清水走向櫃檯。

　　清水大部分的台詞爲台語。

清　水：我不是人嗎？

店　長：嗯？

清　水：別人進來你攏有一聲「歡迎光臨」，是安怎恁爸進來，你們突
　　　　然變啞巴？

店　員：歡迎光臨。

清　水：不客氣。

　　說完，清水走向店內的垃圾桶。

店　員：對不起，我們這裡不能拿鋁罐。

清　水：（趕緊折往另一方向）我有講我要拿罐仔沒？我要買物
　　　　件。

　　還在看文具的一男一女又交談了；這期間注意到清水的蕭
秉仁隨便拿兩罐飲料，走去付錢，付完錢後馬上開罐就猛
喝，喝完一罐後再喝一罐。

女　　：他們到底有沒有賣白包啊？

男　　：一定有。有賣紅包就有白包。

女　　：不是很奇怪嗎？我要買白包，你要買紅包。

男　　：今天一定是個大吉大凶的日子。

女　　：有這種日子嗎？

蕭秉仁把喝完的兩個鋁罐拿去給清水。

蕭秉仁：老先生，我喝完了，麻煩你幫我收一下。

清　水：免啦。

蕭秉仁：（瘸腳的台語）免要緊啦，就算你給我幫個忙。

清　水：嗯？噢。這樣我就給你收下來。多謝囉。

蕭秉仁：我足口渴的，你稍等一下。

蕭秉仁走回飲料區，再拿起一罐。同時，清水走到垃圾桶，推開蓋子，看看裡面有沒有鋁罐。店長看到了馬上要店員過來制止清水。

店　員：阿伯，阿伯！

清　水：你是在半路認阿伯嗎？

店　員：嗯？

清　水：我敢是你親戚嗎？

店　員：不，不是。

清　水：那你沒代沒誌叫我阿伯做啥？你若真的要半路認親戚，按輩份你要叫我一聲阿公。

店　員：阿——阿公，我們店裡的規定是不能進來垃圾桶拿鋁罐的。

清　水：我看一下也不行？那個人不是每天在那裡看報紙嗎？

　　翻看報紙的男子聽到有人在說他，把報紙放回架上，不悅
地走出去。

清　水：他能看報紙，我就不能看垃圾？
店　員：阿——公，你還是拜託出去吧。
清　水：出去就出去。
蕭秉仁：你們讓他拿一下會怎樣嗎？
店　長：這是我們公司的規定。
清　水：沒關係，出去就出去。

　　清水走出門外。

店　長：（對著蕭秉仁及注意到這邊的男女）我們已經跟他講過很
　　　　多次了，拜託他不要進來。

　　清水又走進來。

清　水：你們欠我一句話。
店　長：嗯？
清　水：進來「歡迎光臨」，出去呢？
店　長：謝謝光臨。
店　員：（也是敷衍）謝謝光臨。
清　水：不客氣。

　　清水走出便利商店，蕭秉仁突然衝出去找他，手裡還拿著

一罐飲料。

店　員：他那一罐還沒付。
店　長：去叫他。

　　　同時，一男一女拿著要買的東西剛好走到櫃檯，準備付
　　錢。店員才走出去，就看到蕭秉仁把清水拉回來。

清　水：少年仔，你要做啥？
蕭秉仁：沒關係，你先進來。

　　　看到這個情況，店員往後退，看看店長，怯怯地走回櫃檯
　　後。

蕭秉仁：（對一男一女說）對不起，讓一下。
男　　：我們先來的。
蕭秉仁：（嚴厲地）讓一下。

　　　一男一女往後退一步。蕭秉仁把公事包放在櫃檯上，打
　　開，拿出鐵鏈。

蕭秉仁：（用鐵鏈威脅店長）自動門的電源在哪裡？
店　長：呃……
蕭秉仁：（用鐵鏈在櫃檯上敲一下）馬上關掉電源，不要讓任何人
　　　進出。

　　　　店長示意店員照做。

蕭秉仁：你們後面有沒有鋁罐？（回頭問清水）玻璃瓶可以嗎？

清　水：是可以，但比較重。

蕭秉仁：（對著店長）那鋁罐就好了。（從清水的手中接過塑膠袋）
　　　　去把後面所有的鋁罐全部裝在裡面。

　　　　店長示意店員，店員趕緊接過塑膠袋，走向翼幕，下。

蕭秉仁：（對著一男一女）對不起，馬上就好。

女　　：我們不買東西了，可不可以——

蕭秉仁：不行，馬上就好。

　　　　店員走回，手上拎著裝滿鋁罐的塑膠袋，準備交給蕭秉
　　　　仁。

蕭秉仁：不是給我，給這位老先生，你阿公。

　　　　店員將它交給清水。

清　水：歹勢。貪財，貪財。

蕭秉仁：回去櫃檯後面。

　　　　店員照做。

店　長：可以了吧？

蕭秉仁：等一下，還有一件事。你們兩個立正站好，兩眼看著他（指清水），然後對他說「歡迎光臨」。

　　　　雖然不情願，也覺得有點荒謬，兩人仍然照做。

兩　人：歡迎光臨。

蕭秉仁：歡迎光臨的「光」不是一聲嗎？怎麼給你們說起來是二聲，還會上揚？重來一次。

兩　人：歡迎光臨。

蕭秉仁：（問清水）你覺得安怎？

清　水：（指店長）那個好像有一點勉強。

蕭秉仁：再來一次。

兩　人：歡迎光臨！

　　　　蕭秉仁回頭看看清水。

清　水：可以了。

蕭秉仁：（在想還有什麼事可以做的）還有沒有你需要的東西？

清　水：免了，我這樣就夠了。（對店員）開門啦！

　　　　店員照做。

蕭秉仁：眞的不需要拿別的什麼？

清　水：免了。我們趕緊來走。走啦！

清水催促著蕭秉仁往外走，兩人走到門口時突然同時回頭。

店　長：謝謝光臨！
店　員：謝謝光臨！

兩人滿意地離開。

男　　：搞了半天又是一個失業起猶的瘋子。
女　　：算了，不要買了。
店　長：拜託，你們先不要走，我打電話報警，你們幫我作證。
男　　：作什麼證？你要怎麼跟警察說？說有人拿鐵鎚來搶鋁罐？

燈乍暗。

第五場

舞台分爲兩個區域：左側爲阿敏的辦公室，右側爲傳統豆漿店之一角。
剛開始兩側都微亮。阿敏及男編劇坐在椅上，邊講話邊滑動著椅子。男編劇講話的語氣既有幹勁又很專業，但偶爾發出的呵呵笑聲抵消了他所要裝出的成熟；右側有兩位與清水年紀相當的老人甲、乙，坐在圓凳上。
左側區燈轉強，右側區燈轉暗。

阿　　敏：好，我們趕快討論，我等一下還有別的事。這個企畫案下禮
　　　　　拜就得弄出來。我不是叫你回家想三個題材嗎？

男編劇：我想到了五、六個idea，而且每一個都是針對你所要的，呵
　　　　　呵。

阿　　敏：你講。

男編劇：我建議我們做一個講「台灣十大公害」的系列深度報導。

阿　　敏：哪十大公害？

男編劇：我這是有排名次的。台灣第一大公害是政客。這裡面政客又
　　　　　分爲三種，一種是急獨，一種是急統，最後是不獨不統只想
　　　　　A錢、搞女人或養男人的那種。

阿　　敏：你這樣把台灣搞政治的全講光了。

男編劇：屄吧，呵呵？第二大公害是黑道，第三是警察。

阿　　敏：這兩個合起來做一集就可以了。

男編劇：好主意，呵呵。第四是新聞媒體，尤其是有SNG的那種。

阿　　敏：嗯。

男編劇：第五是電視。

阿　　敏：那不是在講我們自己嗎？

男編劇：沒錯，我們要有反省的能力。敏姐，你還好吧？

阿　　敏：沒事，只是腦袋突然出現我失業的畫面。

男編劇：怎麼會呢？

阿　　敏：那個畫面裡面沒有退休金。

男編劇：呵呵，敏姐眞會說笑。

阿　　敏：再來呢？

男編劇：第六是老師、第七醫生、第八藝人、第九社會名流……

阿　　敏：還有沒有？

男編劇：最後第十是一般老百姓。

阿　敏：你把台灣的人全講光了嘛！

男編劇：謝謝，呵呵。對了，剛才你不是說警察跟流氓合做一集嗎？那我們還少一集。

阿　敏：所以呢？

男編劇：我忘了宗教團體，所以有一集可以做慈濟。

阿　敏：你不要命啦？你下輩子想變成豬嗎？

　　　此區域燈暗。

　　　同時，豆漿店的區域燈亮。

　　　老人甲的國語有點台語腔；老人乙的國語有點湖南腔。但兩人有時都國台語夾雜。

老人甲：誰亂講？

老人乙：你不知道就不要亂講。

老人甲：我沒有亂講。

老人乙：你就是亂講。我問你，當時你有沒有在場？

老人甲：我沒有在場。

老人乙：所以你在亂講。

老人甲：那我講的你有沒有在場？

老人乙：我沒有在場。

老人甲：所以你也在亂講。

　　　沉默。

老人甲：你以為我逃難沒有經驗？

老人乙：你本來就沒有經驗。

老人甲：那你躲炸彈就有經驗？

老人乙：當然有經驗，沒有躲炸彈怎麼算逃難？

老人甲：有空你到仁愛路走走。

老人乙：仁愛路我走透透我，幹嘛要有空去走走？

老人甲：你去看看那裡的椰子樹。

老人乙：不長椰子的椰子樹有啥好看的？

老人甲：那些樹上面一個洞、一個洞的就是美軍飛機轟炸台灣，上面
　　　　機關槍掃射的。這個你就不知道。

老人乙：我早就知道。

老人甲：其中一顆子彈本來是對準我屁股來的，是我手腳快。

老人乙：是你屁股快。

　　　　此區域燈漸暗，辦公室區域燈亮。

阿　　敏：呵呵，不是，我是說小馬。（指指自己的腿）你覺得這種
　　　　絲襪的顏色好不好看？

男編劇：你不熱嗎？

阿　　敏：熱了隨時可以脫下來。

男編劇：呵呵……

　　　　頓。

阿　　敏：你……你今天晚上有沒有事？

男編劇：嗯？

阿　敏：要不要一起去看午夜場的電影？

男編劇：啊？呵呵……什麼電影？

阿　敏：隨便。（過分強調）只要不是喜劇。

男編劇：不要看喜劇喔？

阿　敏：我心情不好，不想笑，也不想聽人笑。

男編劇：喔，呵——（才呵出一半便以手遮住嘴巴）

阿　敏：如……如果還有興致的話……明天……我請你吃……吃……
　　　　鼎泰豐的湯包。

男編劇：他們的湯包不是早上十點以後就不賣了嗎？

阿　敏：對啊。

男編劇：我最喜歡鼎泰豐，尤其是他們的湯包。

阿　敏：我也是。

男編劇：……去看午夜場，然，然後早上去吃湯包？

阿　敏：對。

男編劇：那這中間……呵……這中間……

阿　敏：有很多方式。

男編劇：（恍然大悟）喔，呵呵，呵呵。不過，敏姐，你不知道嗎？

阿　敏：知道什麼？

男編劇：我……我是gay。

　　　頓。

阿　敏：當然知道，不然幹嘛找你一起去吃湯包啊。呵呵，呵呵。

此區域燈暗，豆漿店的區域燈亮。

老人乙：昨天我去吃麵，結果和麵攤老闆吵了一架。

老人甲：哪一家？

老人乙：新的一家，你沒去過。

老人甲：哪一家我沒去過？

老人乙：你就是沒去過。

老人甲：我可能去過。

老人乙：在超商隔壁巷口新開的那家。

老人甲：我沒有去過。

老人乙：我就說嘛。

老人甲：沒去過就沒去過，你到底要不要講故事？

老人乙：我是要講故事，可是你一直打岔。

老人甲：我現在有沒有打岔？

老人乙：好。我屁股才坐下，老闆就走過來。

老人甲：做啥？

老人乙：老闆劈頭就說，他們這不賣酒，也不准客人帶酒。

老人甲：恁娘的！

老人乙：我就說，那我不喝酒，吃麵總可以吧？

老人甲：還是你卡有風度，要是恁爸喔——

老人乙：等一下，你聽我講。所以我就叫了牛肉麵外加一些小菜。

老人甲：小菜夠不夠味？

老人乙：你要不要聽我講？

老人甲：你講。

老人乙：沒多久——他們動作還蠻快的，牛肉麵上，小菜也上。

老人甲：應該是小菜先上。

　　老人乙瞪對方一眼，老人甲趕緊閉嘴。

老人乙：結果呢，我一看小菜，老闆也沒先問我，就幫我淋上了醬油膏。

老人甲：醬油膏？

老人乙：醬油膏。

老人甲：恁爸我最討厭醬油膏。

老人乙：我也是。

老人甲：太甜。

老人乙：死甜。

老人甲：甜到死無人。

　　頓。

老人甲：那你怎麼辦？

老人乙：我就當機立斷請老闆——一個年輕小夥子——把小菜在水裡涮過一遍。

老人甲：把醬油膏洗掉。

老人乙：對。老闆老大不願意也照做了。等他拿回來的時候，我問他要醬油。

老人甲：還有麻油。

老人乙：麻油加醬油，再加一點蔥花。

老人甲：讚。

老人乙：結果你猜老闆怎麼說？

老人甲：他們沒有醬油？

老人乙：他們沒有醬油。

老人甲：沒有醬油的店算是麵店嗎？

老人乙：我就是這樣問老闆的。一家麵館子怎麼可能會沒有醬油呢，
我跟老闆說。

老人甲：老闆怎麼說？

老人乙：老闆說現在大家不時興吃醬油，他店裡只有醬油膏。

老人甲：像話嗎？

老人乙：不像話。

老人甲：所以說啊，以後不要去你不熟悉的店。我吃早餐只來這家。

老人乙：對，這家的燒餅我看全台灣沒有人會做了。

老人甲：厚皮的。

老人乙：不是機器烤的。

老人甲：不需要芝麻。

老人乙：要嘛要有節制。

老人甲：我真不懂現在外面在賣的。

老人乙：對。什麼饅頭夾蛋。

老人甲：不三不四。

老人乙：什麼鮪魚蛋餅。

老人甲：玉米蛋餅。

老人乙：培根蛋餅。

老人甲：培根玉米蛋餅。

老人乙：最讓老子我氣結的就是──蛋餅包油條。

老人甲：荒謬。油條只能配燒餅。

老人甲：燒餅只能夾油條。

老人乙：沒有別的配方。

老人甲：沒有。

　　　　清水從翼幕出現，提著前一場的兩只塑膠袋。

清　　水：喂，幾點了，你們還在吃早餐？

兩　　人：清水！

清　　水：Long time no see.

老人乙：龍什麼啊？

老人甲：你叫誰去死？

清　　水：前幾天都沒有看到你們，我還以為有人翹去了。

老人乙：去你的！

老人甲：翹你啦！

老人乙：我回大陸探親。

老人甲：他不在，我也懶得過來。

老人乙：（瞥見清水膨得鼓鼓的塑膠袋）哇，清水，你今天是怎麼
　　　　了？豐收喔！

清　　水：今天碰到貴人了。晚上喝酒，我請客。

老人甲：你錢還是留著點用吧，請客就不必了。

清　　水：你看不起我嗎？

老人甲：我哪有？

清　　水：你們看不起我嗎？

老人乙：幹嘛火氣這麼大？

清　　水：那就陪我喝酒，我請客。

老人乙：好，小菜我來張羅。有醬油的小菜。

老人甲：請客可以，但是，咱們約法三章，不能講故事。

清　水：我哪有故事？

老人甲：你一喝醉就講以前的故事。

老人乙：好，今天喝酒，大家約法三章，誰都不能講故事。

清　水：我沒故事……我哪有故事……

　　　　燈漸暗。

第六場

　　　　淡水河邊的氣味。

　　　　燈亮。

　　　　年輕時的清水和他的妻子阿雲對峙站立，阿雲手上抱著一
　　　　個裹著布的嬰兒。

　　　　兩人之間的台詞大部分是台語。

清　水：怎麼會這樣？……怎麼會生一個黑的。

阿　雲：黑的、青的、藍的不是同款？

清　水：對，攏同款。同款的就是：你討客兄，是一個沒見笑的查
　　　　某！我去行船一年沒回來，一下船就拚回來厝裡找你。結果
　　　　呢，大家都在只有你不在。厝內的人講你在病院，我馬上趕
　　　　去病院，想說你可能是破病去手術，哪知道一去就看到你抱
　　　　一個你跟黑人生的囝仔。

阿　雲：我已經跟你悔失禮了幾百次了。

清　水：這款代誌怎麼可以悔失禮就算了？

阿　雲：你又不聽我解釋。

清　水：我不聽。

阿　雲：不聽就算了，以後你若要聽，你去問你阿母就知了。我現在
　　　　要你做一個決定。George——

清　水：George！叫得那麼親密。

阿　雲：那個，那個黑人有意思帶我和囝仔去美國，他的部隊下禮拜
　　　　就會調回去，他叫我趕緊決定，看我是要跟著他還是留在台
　　　　灣。

清　水：你們都計畫好了喔。

阿　雲：現在就看你了。我還是想要留在這，想跟你在一起。但是有
　　　　一個條件。

清　水：你跟我講什麼條件？

阿　雲：你要疼惜這個囝仔，把他當作你自己的。

清　水：沒我的嘴，沒我的鼻，全身軀又黑索索，你叫我——

阿　雲：清水啊，你若有那個心——

清　水：囝仔不是問題，囝仔可以叫那個George抱回去。問題是你。
　　　　我不可能看到你而不想到那個黑人。

阿　雲：那我為什麼可以？

清　水：講啥？

阿　雲：為什麼我可以看到你而不想到你每一個港口的查某？你不要
　　　　以為我不知道，我若是不知就是憨大呆。

清　水：但是，阿雲啊，我可沒跟他們生小孩。

阿　雲：你哪知？現在可能有一個做老爸的抱一個囝仔，一直問他女
　　　　兒講：「怎麼會是黃的，怎麼會是黃的？」

清　水：沒呀，現在生一個黑炭的是你，你反而比我還凶？

阿　雲：我沒凶，我只是希望你做個決定。

清　水：好！我現在就做決定。你不能跟那個黑人走，但是我也不可能跟你在一起。

阿　雲：你講那什麼猾話？

清　水：這是我的決定。

　　　　阿雲動身從清水前面走過，清水一把抓住她的肩膀。

清　水：你給你爸凍住！

阿　雲：你放手！

　　　　兩人一陣拉扯之後，清水狠狠地打了阿雲一個巴掌，因用力過猛，阿雲手上的嬰兒飛出去，洋娃娃和裹布也分散開來。
　　　　導演這時從左側出現。

導　演：停、停、停！

　　　　飾演阿雲與清水的演員恢復原來的身分。

阿　雲：媽的，你來真的噢！

清　水：對不起，太入戲了。

導　演：打得很好，很逼真，但是不管怎樣，阿雲，你手裡的嬰兒不能掉，掉了就穿幫了。還有，舞監。舞監！

　　　舞監從右側上。導演撿起洋娃娃和裹布。

導　演：舞監，你這個洋娃娃要想辦法，先把他塗黑一點。
阿　雲：不需要吧。
導　演：然後那個裹布要固定，不能再掉了。
舞　監：道具！

　　　右額頭上有紗布包紮的道具應聲從舞台後方出現。

道　具：怎樣？
舞　監：（拿著洋娃娃和裹布）你用別針把他別死，不然就用圖
　　　　釘。
道　具：好。

　　　舞監和道具下。

阿　雲：那個道具的額頭是怎麼啦？
清　水：他手機忘了關。

　　　燈乍暗。

第七場

　　　一家大型百貨公司的頂層：各種名店的招牌。
　　　舞台上空懸吊著螺旋形的大型雕飾。

舞台右側有兩扇自動門，爲電梯。

除此之外，舞台空無一物。

以下人來人往，有的有台詞，有的沒有台詞。

燈亮。

小學生站在布幕前，看著影像。

不久，消費者陸續出現，小維及阿敏也在其間。

小　　維：上個禮拜我去參加同學會，我全身打扮得光鮮亮麗的，可以
　　　　　說是沒有什麼可以挑剔的。可是我手肘這邊，很像大象的
　　　　　皮，灰灰的，有一個同學注意到了，以爲我沒洗澡，我覺得
　　　　　好尷尬喲！還好有新的多芬。新的多芬滋潤效果讓我覺得不
　　　　　可思議，像大象皮的地方不見了。我好想遇見我以前那個同
　　　　　學，因爲現在正面、反面，都很好看。

阿　　敏：對啊。

小　　維：你知道嗎？多芬讓人不可思議的地方還不只這些。有一次我
　　　　　去參加他們的seminar。他們要我把臉分成兩半，左手邊我
　　　　　用多芬洗臉，右手邊我用我原本的洗面乳，結果多芬很容易
　　　　　被洗掉，完全不會殘留在臉上，而且不油膩。

阿　　敏：嗯。

小　　維：欸，你到底有沒有在聽我講話啊？

阿　　敏：有啊。

小　　維：講什麼？

阿　　敏：講，你在講最近有個貝多芬的seminar，嗯，讓人不可思議。

小　　維：地球呼叫火星，有人在家嗎？

　　　　兩人走到舞台右側時，電梯門打開：一位穿著制服的電梯
　　　　小姐及兩個著西服、帶公事包的上班族男子。

電梯小姐：（制式化的手勢）十二層樓到了。

　　　　兩名上班族走出電梯；小維和阿敏走進電梯。

電梯小姐：（鞠躬）對不起，久等了。電梯向下，請問幾樓？

　　　　電梯關門。
　　　　兩名上班族走入人群。小學生離開圓筒區，先是走在人群
　　　　裡，然後出場。

上班族A：我最近發現，最麻吉的朋友……

上班族B：麻吉。

上班族A：原來可以是一家銀行，原來可以是一張卡。

上班族B：我懂。

上班族A：很麻吉的意思就是……

上班族B：沒錯。

上班族A：在你最潦倒的時候……

上班族B：他會挺你。

上班族A：當你需要幫忙的時候……

上班族B：他會幫你。

上班族A：沒錯。

上班族B：沒錯。

兩男子停在布幕前，抬頭仰望。

人群裡的一對夫妻走到舞台前緣往下看。

妻　：回家吧。

夫　：回家幹嘛？

妻　：我們放假的時候每次都來這裡逛。

夫　：不到這裡去哪裡？

妻　：我們可以去海邊。

夫　：車子太多。

妻　：去爬山。

夫　：天氣太熱。

妻　：去吃館子。

夫　：太貴。

妻　：那就回家吧。

夫　：回家我不反對，可是每次我想要的時候，你就會自動頭痛。

妻　：我哪有？

夫　：那現在就回家。

妻　：我們還是到那邊逛逛吧。

夫妻加入遊逛人群的行列。而後，他們和兩名上班族一樣，駐足在布幕前。

小明與阿忠從翼幕走出。

小　明：007我每一集都看。

阿　忠：我也是，我最喜歡的還是……

小　明：史恩康納萊。

阿　忠：對。

小　明：007的行家都會這樣認為。最爛的是……

阿　忠：羅傑摩爾。

小　明：對。

　　　　兩人剛好走到布幕，看看影像。
　　　　電梯門開。

電梯小姐：一樓到了。

　　　　小維和阿敏出光圈，小維正在手機上撥打號碼。

電梯小姐：電梯向上。

　　　　電梯門關。

阿　敏：你在打給誰啊？

小　維：我老公，提醒他下午有個interview。

　　　　兩人從翼幕下。

小　明：我覺得007的壞人都犯了一個同樣的錯誤。

阿　忠：什麼錯誤？

小　明：他們每一集都會抓到007，對不對？然後，每一次他們都會在

　　　　　那邊雞雞歪歪的。（模仿）「終於抓到你了，007。你實在很
　　　　　不乖，所以我不會讓你死得痛快，我要慢慢地把你整死。」
　　　　　就這樣，007每一次都有機會逃走。

阿　忠：這是編劇的錯吧。

小　明：我不管。那些壞人在做壞事之前都沒有做好功課，他們應該
　　　　　前面幾集的007都要看過。

阿　忠：媽的胡扯。

小　明：真的，他們一定要搞清楚前輩是怎麼死的，不能老是犯同樣
　　　　　的錯誤。電影公司就是不敢找我去演壞人，找我去演的話就
　　　　　絕對不會有下一集了。因為要是我抓到了007，我就先問
　　　　　他，原來你就是……

阿　忠：龐德。詹姆士‧龐德。

小　明：我就他媽的二話不說，把槍掏出來，砰砰砰地給他死，哪廢
　　　　　話那麼多的我靠。

阿　忠：就像今天早上？

小　明：就像今天早上。

阿　忠：董仔到底要我們來這裡幹嘛啊？

小　明：買蛋糕。

阿　忠：董仔為什麼需要蛋糕？

小　明：今天晚上他二哥那邊有事，他也搞不清楚什麼狀況，他怕失
　　　　　禮所以——

阿　忠：我覺得我們到這種地方有點怪怪的。

小　明：有什麼好怪的？我們不是人嗎？

阿　忠：不是啦，我是說——

小　明：阿忠，我告訴你，你不能走在百貨公司裡面，心裡一直想

　　　著：「我是黑道、我是黑道，所以我不能來百貨公司。」這
　　　裡的人什麼貨色都有，你有看到有人在背後貼個牌子說，
　　　「我是扒手」、「我是偷窺狂」嗎？走吧，這一層沒有我們要
　　　的。

阿　　忠：賣蛋糕的好像都在地下一層。

小　　明：那你帶我來頂樓幹嘛？

阿　　忠：聽說上面蠻壯觀的。

小　　明：壯觀個爛鳥！

　　　兩人走到電梯，門開。

電梯小姐：（制式化的手勢）十二層樓到了。

　　　小明與阿忠走進電梯。

電梯小姐：（鞠躬）對不起，久等了。電梯向下，請問幾樓？

小　　明：地下一層。

　　　電梯門關。

上班族A：我跟你賭，我們遲早會被老闆fire掉的。

上班族B：我不賭了。昨天我大老二輸了一屁股。

上班族A：如果沒有奇蹟發生的話，我這個月的業績可能創下個人歷
　　　　　史新低。

上班族B：我可能創公司歷史新低。

上班族A：慘啊。

上班族B：慘啊。

上班族A：我在想……我們不能這樣，每天穿西裝、打領帶、提著公
　　　　事包，然後跑到泡沫紅茶店去打大老二。

　　　兩人從翼幕下。
　　　阿敏與小維再度從翼幕出現。

阿　　敏：我今天真的說了。

小　　維：說什麼？

阿　　敏：我對那個呵呵的小朋友暗示。

小　　維：暗示？

阿　　敏：是明示。

小　　維：結果呢？

阿　　敏：呵呵是gay。

小　　維：噯，女人碰到gay就好像男人碰到月經一樣，只有一個字。

兩　　人：（同時）衰！

阿　　敏：真丟臉。

小　　維：這有什麼好丟臉的？

阿　　敏：不是，我是為我的臨場反應感到丟臉。我居然跟呵呵講我要
　　　　帶他去吃鼎泰豐！

小　　維：鼎泰豐？

阿　　敏：我心裡想的是凱悅的buffet，可是怎麼說出口的竟然是鼎泰
　　　　豐。

小　　維：還好你不是說魯肉飯。

兩人走出場。

Voice Off：各位先生、各位女士，我們今天下午兩點在十二樓，特別
　　　　　　舉辦「回饋大贈獎」的活動，手邊握有號碼的顧客都有機
　　　　　　會。請千萬不要錯過機會……

燈暗。

第八場

這一場完全由影像表現。
布幕上出現一輛轎車的中景，正駛於馬路上。
近景：車裡皮蛋開車，蕭秉仁坐左側。
皮蛋開得略快，蕭秉仁有點緊張。

皮　蛋：我跟伊利莎白吹了。
蕭秉仁：那個幼齒的伊利莎白？
皮　蛋：幼齒波霸的伊利莎白。
蕭秉仁：爲什麼？
皮　蛋：實在很無聊，只是因爲我不會用英文唸。
蕭秉仁：嗯？
皮　蛋：她說我發音不準。
蕭秉仁：你怎麼唸？
皮　蛋：我很努力地唸"Elizabeth"，"Elizabeth"。可是她說最後的
　　　　"th"給我唸起來便成了"s"，每次見面就硬要矯正我的發

音，告訴我說，"th"的正確發音是上下牙齒夾著舌頭然後
吐氣，我也試了好幾次，結果吐了她滿臉口水。

蕭秉仁：就為了這個？

皮　蛋：後來我跟她說：「拜託，讓我直接喊你的本名，或伊利莎
　　　　白，或甚至女王都可以，就是不要再叫我吐口水了。」她硬
　　　　是不要，一定要我發出正確的Elizabeth，我也火了堅決不
　　　　要，結果就鬧翻了。

蕭秉仁：媽的果然無聊。現在年輕人在想什麼啊？

皮　蛋：世風日下。

蕭秉仁：人心不古。你是世界上唯一一個因為發音不準被馬子甩掉的
　　　　男人。

皮　蛋：我想也是。操，比陽痿還糗。

蕭秉仁：皮蛋，你開慢一點好不好？

皮　蛋：我哪有開快，我只跟著節奏走而已。

蕭秉仁：你他媽的東鑽西晃的，一直超車還不快啊？

皮　蛋：沒辦法，誰叫他們開這麼慢，他媽的把汽車當牛車在開。我
　　　　操，紅燈。

蕭秉仁：小心！

　　　　皮蛋緊急煞車，兩人身子前傾。

蕭秉仁：好險我操。

皮　蛋：好險個屁！要不是前面那痞子膽子小，少了一顆卵蛋，我們
　　　　早就衝過去了。我操，他還敢回頭瞄我！（對著前頭）看什
　　　　麼看！

蕭秉仁：媽了個屄看什麼看！開個朋馳就了不起嗎？

皮　　蛋：有種下車啊！

蕭秉仁：下來啊！下來啊！幹他媽孬種！

　　　頓。

蕭秉仁：我們這樣關著窗戶講話他聽不到吧？

皮　　蛋：放心，聽不到。聽得到還得了。嗳，咱們現在年紀都大了，
　　　　　打不動了。

蕭秉仁：嗳……

　　　頓。

蕭秉仁：皮蛋，你開車有沒有一種衝動，看到開朋馳的就想從屁股後
　　　　　面撞上去。

皮　　蛋：不只朋馳，我連BMW都想撞。

蕭秉仁：不過真撞了，倒楣的還是我們。

皮　　蛋：像我這輛老爺車，要是真的撞上去，恐怕會當場解體。

　　　沉默。
　　　顯然綠燈來了，車子再度行進。

皮　　蛋：老蕭，你今天不是有interview嗎？

蕭秉仁：懶得去了。每次去就一百個蘿蔔擠一個坑，機會渺茫。每次
　　　　　的答案都差不多：不是我年紀太大，就是我over-qualified。

皮　　蛋：對不起，我英文很屌但沒屌到聽得懂那個字。

蕭秉仁：Overqualified就是說條件不符，比他們要的好太多。

皮　　蛋：有over就有under對不對？那你不會在履歷表上作弊，把「總經理」改成「工友」？

蕭秉仁：我有改過，改成「經理」，可是他們反過來會覺得，我怎麼一把年紀才幹到經理，八成是能力有問題。

皮　　蛋：那這樣就沒輒了。

蕭秉仁：沒輒。標準的catch 22。

皮　　蛋：什麼「抓22」？媽的，老蕭啊，你是在考我英文嗎？

蕭秉仁：反正意思就是：有兩條路給你選，不管你選哪一條，都是死路一條。

皮　　蛋：每次跟你在一起，我英文就精進不少。真是thank q you。

蕭秉仁：No q me.

　　　　皮蛋突然來個緊急回轉。

蕭秉仁：你幹嘛？

皮　　蛋：要兜風就乾脆離開台北，在市區繞圈子幹嘛？夕陽就在前面，我們追過去吧！

蕭秉仁：好吧，就追吧。但是不要追太遠，我等一下要跟George見面。

皮　　蛋：跟那個屁央有什麼面好見的？

蕭秉仁：時不我予啊！我已經走投無路了，現在是下下策。

皮　　蛋：下下策也好，只是，老蕭，我不希望你自取其辱。

蕭秉仁：我知道。我只會問他公司有沒有適合的缺，不會求他的。

皮　蛋：那就好。George這小子他媽那種囂張樣，我每次聚會就想扁
　　　　他。

　　　布幕的影像換成車外的景致。

皮　蛋：上次聚會你沒來。
蕭秉仁：沒有心情。
皮　蛋：大家都哥兒們這麼久了，還會在乎你混得好不好嗎？
蕭秉仁：當然不會。我只是心情不好。

　　　沉默。

皮　蛋：油條死掉了，你知道嗎？
蕭秉仁：什麼?!
皮　蛋：嗝屁了。
蕭秉仁：他不是在大陸生意做得很好，海削了一票，怎麼會——
皮　蛋：他是暴斃翹掉的。
蕭秉仁：怎麼暴斃的？
皮　蛋：原因不詳。他家裡不太多說，我們也不敢問。
蕭秉仁：就這樣說走就走？
皮　蛋：他還沒來得及說走就走了。我只希望他是在女人的胯下暴斃
　　　　的。

　　　皮蛋加速。
　　　布幕出現夕陽的風景。

燈漸暗。

第九場

舞台分為兩個表演區域。左邊有一組石桌與石椅，四位老
人圍坐著；右邊為蕭秉仁家。
右邊區域燈亮。四位老人正在賭象棋，剛好是一局的結
束。
以下老人的台詞大部分為台語。

老人甲：幹，恁爸留不對去了。

老人丙：我也是。

老人乙：我早就知道他那個兩隻是一對。

老人甲：屁話，你知你為何沒贏？

老人乙：屁話，我沒一對要安怎贏？

老人丁：是你們不會算牌，免冤家。

老人甲：誰在冤家？

之前，清水已提著黑色塑膠袋從翼幕出現，走向老人區。
以下談話時，四人持續打牌。

清　水：還沒完喔？

老人甲：走啦！沒錢啦。

清　水：（炫耀他的塑膠袋）恁爸沒欠錢。

老人甲：真好，你那些趕快去寄銀行。

老人乙：最好是寄在保險箱。

老人丁：清水啊，我正要問你。我最近想要去東南亞遊玩，但是我不敢坐飛機，有沒有那款郵輪可以坐的？

清　水：當然嘛有。若講到坐船，你就問對人了——

老人甲：坐船的代誌你問他做啥？他已經三四十多沒有行船了。

清　水：歹勢，我雖然人在台北，我每天都還行船。

老人丙：是安怎講？

老人甲：你不要講，我不要聽。

清　水：好，你不聽我就把你當作臭耳人。你們不要以為我每天我們這一區這繞那繞，是隨便亂繞的喔。

老人甲：我什麼都沒聽到。

清　水：你臭耳人當然什麼都沒聽到。

老人甲：（對老人乙）快打啦！

老人丁：是安怎講？

清　水：我每天繞的路線就是我以前行船的路線。我住的所在就是台灣，走到郵便局那就已經到了香港，再過去的小學就是新加坡，後來的7-11就是泰國，再繞到百貨公司那就是印度——

老人丁：那你繞到我們這裡是哪？

清　水：（指著老人甲的禿頭）地中海。

老人乙：沒囉，他那邊怎麼能算是地中海？他那邊是死海。

老人甲：死你一塊卵啦。

此區域燈漸暗，左邊區燈漸亮。

導演坐在床上，正以超大的釘書機，試圖用一片乳白的布匹將洋娃娃包裹起來：洋娃娃頭部已塗成棕色，但其他部

位仍呈粉紅色。

飾演阿雲的女演員在一旁收拾別的道具。

導演因笨手笨腳，因此釘的時候極爲用力，有點氣急敗
壞。

女演員：你需要那麼暴力？

導　演：媽的⋯⋯

女演員：你那麼恨那個小孩嗎？

導　演：都是一堆白癡，叫他們把布釘牢，結果他媽的動不動就掉，
　　　　動不動就掉。

女演員走過去從導演手中把娃娃和布拿走。

女演員：我來啦。

女演員沒幾下就把娃娃包好，用一手捧在手裡。

導演拿著釘書機站起來。

女演員：這樣不就可以了。

導　演：那誰都會，難的是要怎麼把它釘牢。

女演員：釘書機給我。

導演走到她旁邊，半演戲地、半調情地摟著她。

導　演：這個畫面不錯。

女演員：有點恐怖

導　演：爲什麼？

女演員：你手上還拿著釘書機。

　　　　女演員對導演微笑，走開。

導　演：曾經有個記者問我爲什麼要搞劇場，我很認眞地想了一下，然後告訴他，我搞劇場是爲了要把美眉。他哈哈哈地笑，以爲我是開玩笑的。

　　　　導演走向女演員，女演員也跟著動，與他保持一定距離。

女演員：你不是開玩笑？

導　演：劇場的事怎麼可以開玩笑。

女演員：你不要再過來。

導　演：爲什麼？

女演員：除非你把釘書機放下。

　　　　導演放下釘書機。

導　演：可以了嗎？

女演員：可以。

　　　　女演員走到床邊，坐下，手上仍抱著娃娃。
　　　　導演才向前一小步後，馬上止住。

導　演：你最好把洋娃娃放下。

女演員：爲什麼？

導　演：你這樣抱著它讓我感覺好像是你丈夫，但是我知道我不是你丈夫，所以我有不倫的感覺。

女演員：（順手將娃娃往床底一丟）你不知道它是假的嗎？

導　演：有時候我分不清楚。

　　　導演走向女演員。

　　　此區燈漸暗。

　　　右邊老人區燈漸亮。

　　　四位爲老人還在賭象棋，清水在一旁觀看。

老人丁：（出棋後又收回）不對。

老人甲：不行，放回去！

老人乙：你都出了，哪可以——

老人丁：我還沒離手。

老人丙：這樣不行啦。

老人甲：我管你有沒有怎樣，出手不回，這個規矩你也不是不知道。

老人丁：欸，我棋仔都還沒有翻過來——

老人乙：但是你棋仔已經碰到桌面了。

老人丁：哪有這樣的！

老人甲：你要不要放回去？

老人丁：我爲什麼要？

老人甲：眞是不要？

老人丁：不然你要安怎？

老人甲：（抽出口袋裡的水果刀子）幹ng你娘，你要不要放回去？

　　　看到刀子，大夥都嚇得幾乎是從位子上跳了起來。

清　水：欸欸欸，不要開玩笑。刀子收起來，有話慢慢講。

老人甲：閃啦！你到底是要安怎你講！

老人丁：你把刀子收起來。

老人甲：把棋仔放回去我就收起來。

　　　這時候，老人丙臉色慘白，呼吸似乎有點困難，開始不斷
打嗝。

清　水：你是安怎？

老人乙：壞了，他上回小中風才剛好，你們這樣給他嚇驚到了。

老人甲：哪有？他只是打嗝而已。

老人乙：哪有人打嗝打那麼快的？

　　　老人丙持續打嗝的同時，大夥七嘴八舌，話語多處重疊。

老人丁：（猛然打老人丙背後）這樣打一下就停了啦。

　　　老人丙加速打嗝。

老人乙：夭壽，你是要他大中風嗎？

老人甲：我知道了，打嗝喝一口醋就可以了。

老人乙：現在要去哪裡找醋？

老人丁：對了，（對著老人丙）你現在不要喘氣三十秒，如果三十秒
之內沒有打嗝——

老人乙：你是要救他還是害他，叫他現在不要喘氣？

清水突然從老人甲手中搶過水果刀，站在老人丙面前。

清　水：沒代誌了，刀仔在我這。沒代誌了。

刀子就在老人丙面前左右搖晃，眼看他就要昏倒時，他的
打嗝忽地終止。

清　水：你看，沒代誌了。

老人乙：好了，好了。

老人丁：坐下來。

老人甲：稍喘一下。

老人乙：你是安怎？跟我們玩棋還帶刀仔？

老人甲：我哪有？我是早上削果子，不知道怎樣，就把它放在口袋
裡。

老人丁：驚死人。

老人乙：卡好一點吧？

老人丙：卡好了。

老人乙：是清水給你救的喔。

老人丙：救啥？我是看他拿刀，在我面前晃來晃去，心臟差一點沒定
住，打嗝才沒去的。

右邊區燈暗，左邊區域燈亮。

傳來性感慵懶的背景音樂。

導演躺在床上，女演員坐在床邊。幾秒後，導演坐起。

導　演：我決定把《哈姆雷特》的一段台詞放在《好久不見》裡面。

女演員：有沒有搞錯？

導　演：我想通了：世界上所有的劇本都只在談一件事情，那就是存在的問題。《好久不見》雖然只是台北一天的故事，沒有高潮、沒有人死掉，但是其實也是在談存活的問題。所以我決定把哈姆雷特的那段獨白加進來。

女演員：哪一段？

導　演：還不是（台語）「要死要活」那一段。

女演員：嗯？

導　演：To be or not to be.

女演員：會不會太文縐縐得有點噁爛？

導　演：這就是我高明的地方。我已經改過了。我先唸原來版本給你聽——

女演員：我來。

女演員站起，走到舞台中間。

女演員才要開始進入角色，突然發覺音樂還持續傳來。

女演員：（不耐煩地對著觀眾席二樓的方向）拜託，音樂配合一下好不好？

音樂嘎然而止。

女演員：謝謝。（進入情緒）「生存還是毀滅，這是個問題；默然忍
　　　　受命運的暴虐的毒箭，或是挺身反抗人世的無涯的苦難，在
　　　　奮鬥中結束了一切，這兩種行為，哪一種是更尊貴的？死
　　　　了；睡去了；什麼都完了；要是在這一種睡眠中，我們心頭
　　　　的創痛，以及其他血肉之軀所不能避免的打擊，都可以從此
　　　　消失，那正是我們求之不得的結局。」

導　演：不錯，不錯。可是我從「要死還是要活」那裡以後就有聽沒
　　　　有懂了。你現在聽聽我改過的版本。（試著進入情緒，發
　　　　覺氣氛不夠，對著同樣的方向）音樂，拜託。

　　　　古典音樂揚起。

導　演：你他媽要我唱歌劇嗎？

　　　　一陣雜音之後，傳來一九五○年代那卡西調調的台灣樂
　　　　曲。

導　演：謝謝。（進入情緒，以台語發音）「喘氣，還是翹去，那是
　　　　一個問題。要安怎做卡帥氣？是恁娘仔居居接受命運盤毒的
　　　　捉用，還管它去死、跟它拚到底？翹去就睏去了，一切都散
　　　　散去了。若是睏去的中間，咱心肝頭的疼，還有其他「囉個
　　　　索個」（注：雜七雜八）的打擊攏可以作夥消失，這樣是真
　　　　爽的代誌。」（回神後）怎樣？

女演員：我有一點感動。

導　演：我自己很感動。

女演員：你不會是要清水講這一段吧？

導　演：當然。

女演員：你已經把他寫得有點猾了，他再講這一段觀眾會以爲他眞的
　　　　　瘋了。

導　演：我就是要把他塑造成最清醒的瘋子。

女演員：你會不會把清水想得太浪漫了一點？

　　　導演若有所悟地看著她。

　　　燈漸暗。

第十場

　　　舞台上出現布幕與翼幕之間的懸空走道，小明與阿忠倚在
　　欄杆上。

　　　舞台上空無一物。

　　　場燈微亮。

　　　林王惠淑提著裝滿東西的菜籃，從右側上，走過舞台。

　　　她走到一半時，走道區亮燈。

小　明：不要想。不能想。不要在腦袋瓜裡沙盤推演太多次。一次就
　　　　　夠了，衡量得失利弊。然後存檔，然後，砰！一槍斃命。

阿　忠：你今天早上好像也沒時間沙盤推演。

林王惠淑從左側下。

小　明：沒有。幾乎是純直覺，但不完全是。就在撞車的當下，我先是看到他車子屁股後面的牌照，是GY什麼的，心裡馬上閃過一個念頭：果然是GY人開GY車。我再看他側身拿東西，我沒有想就馬上拿槍。就在他走向我、我走向他的那幾秒，我在心裡已經演練過一遍而且下了結論了。只要他動手我就開槍。不是他就是我，就這麼簡單。

阿　忠：我哪時候才能有一把槍？

小　明：等你夠冷靜的時候，現在給你等於是在害你，因為你遲早會打到自己的卵孵仔。你看看下面的車來人往，每個人都是想從這個地方趕到那個地方，從A走到B，最後真正能到達到B的沒有幾個。只有那些冷靜的人。

走道區燈暗，場燈亮。
之前，小學生已經走進舞台，在中間區域徘徊時，被走進的阿敏看到。

阿　敏：小朋友，你迷路了嗎？

小學生：大概是吧。

阿　敏：你不是放學回家嗎，怎麼會迷路的？

小學生：我今天突然不想回家，從校門走出來的時候，我就先往左走，看到十字路我就往右，然後往左，然後往右。

阿　敏：都是幾米惹的禍。

小學生：你認識幾米啊！

阿　敏：不認識。我告訴你，我等一下坐計程車送你回家，但是我要
　　　　先去找一個人。

小學生：謝謝阿姨。

阿　敏：不客氣。

　　　　兩人從翼幕下。
　　　　場燈暗，走道區域燈亮。

小　明：幾點了？

阿　忠：（看手錶）差不多了。

小　明：走吧。

　　　　兩人往右側的方向移動。

阿　忠：明哥，剛才董仔跟你說什麼？

小　明：他用「幹ng你娘」三個字教我一個大道理。（突然止步、
　　　　回頭）你剛才叫我什麼？

阿　忠：明哥。

小　明：（抓住他的衣領）你在諷刺我嗎？

阿　忠：我哪有？

小　明：你在諷刺我嗎？

　　　　阿忠猛搖頭，小明放開他。

小　明：以後不准再叫我明哥，或叫我小明。「小明」是我老爸，那

個屁股黏在椅子上的公務員，給我取的。他在我生下來的第
二天，一本字典給翻爛了，還是沒找到他要的。後來晚上在
教我姊姊國文時，剛好教到小明的故事，他當場就決定叫我
「小明」，還自以為很有創意，我老媽、老姊抗議都沒有用。
我當時如果知道，我也會抗議。

阿　忠：那我以後要叫你什麼？

小　明：什麼都好，就是不要有「明」什麼的。

阿　忠：總不能叫小什麼的吧？

　　　　小明又不爽地看著阿忠。

阿　忠：開玩笑啦。到底要叫什麼嘛？

小　明：你不會叫「大仔」？

　　　　燈暗。

第十一場

　　　　舞台前右側爲一賭場，有四人在方桌上打牌。舞台前左側
爲一家高級西餐廳，蕭秉仁和George各坐一方，兩人的公
事包各自放在座椅旁邊。餐桌旁站著一名穿著制服拿著酒
瓶的侍者。
牌桌區域燈亮。

甲　　　：打啥？

乙　　：不知。

甲　　：打啥啦？

乙　　：不知。

丙　　：摸牌啦！

甲　　：幹，他打什麼牌你們不告訴我，我怎麼摸牌？打啥？

乙　　：打麻雀啦。

丙　　：你是打牌不帶眼睛嗎？

甲　　：我沒看到嘛。

丙　　：那你活該嘛。

甲　　：打啥啦？

乙　　：麻雀。

丁　　：操你媽的，你到底要不要摸牌？

　　　　小明與阿忠從翼幕上。

　　　　以下的談話，阿忠一直站在一處，小明則一直繞著牌桌
　　　　走。

小　明：老丁，好久沒見。

老　丁：明哥。

小　明：你憑什麼叫我明哥？明哥是你叫的？

老　丁：我正要找你。

小　明：我每次講「好久不見」，你每次就回答「我正要找你」。我們
　　　　在寫對聯嗎？那橫批是什麼，阿忠？

阿　忠：大仔。

小　明：橫批是什麼？

小　忠：「你以爲我是白癡嗎」。

小　明：「你以爲我是白癡嗎」，這個不錯。老丁，我們今天換個台詞。

丙　　：拜託你不要一直繞來繞去的好不好，我頭都暈了。

小　明：阿忠。

阿　忠：大仔。

小　明：我今天來找老丁，只想跟老丁講話。如果賭客甲、乙、丙其中有人插嘴、咳嗽、打噴嚏，甚至放屁，你知道該怎麼辦。

阿　忠：我知道。

小　明：老丁，我今天要換個台詞，我不會再問你「你欠我們公司的錢哪時候還」，也不會給你機會說「再給我寬限幾天」。我今天的新台詞就是：你吃飽沒？

老　丁：嗯？

小　明：你吃飽沒？

老　丁：嗯？

小　明：我以前小時候住在鄉下，出門的時候碰到鄰居，他們總是問我「吃飽了沒」，我聽了很不習慣，但不知道爲什麼。後來有一次看電影，講一個死刑犯的故事。在他被行刑之前的最後一餐，他可以吃任何食物，牛排、雞腿、漢堡隨便你叫什麼都可以。你以爲那個犯人會吃不下，可是你錯了，他會整盤吃完。最後，他吃完了，時間到了，警衛問他：「吃飽了沒？」就在那一刹那，我全懂了。你懂了嗎？

老　丁：嗯？

小　明：吃飽了沒？

老　丁：吃……吃飽了。

小　明：吃飽了就走吧。

　　　　老丁怯怯地站起。

小　明：走我前面。

　　　　小忠走在前面，後面跟著老丁，小明走在最後，不時回頭
　　　　看看其他賭客。
　　　　三人消失在左後舞台。
　　　　沉默。

甲　　：你們有看過他媽廢話這麼多的殺手嗎？
丙　　：他真的要把老丁幹掉嗎？
乙　　：你認為呢？

　　　　沉默。

甲　　：（拿出手機打電話）喂？我是老甲，我們現在三缺一，你
　　　　可不可以過來？還有誰，就是老乙跟老丙嘛。怎麼樣？好。
　　　　（關機）老戊馬上過來。

　　　　賭場區燈暗。
　　　　西餐廳區亮。
　　　　侍者開始倒紅酒，請蕭秉仁和George嘗嘗。蕭秉仁不動，
　　　　George嘗了一下，對侍者示意可以，侍者離開，站在後左

方處。

蕭秉仁：真的有人會喝一口，然後說「換一瓶」？

George：哪客氣啊？要不要我示範一下。Waiter！

蕭秉仁：不要，不要。我只是隨便問問。

侍者走過來。

蕭秉仁：（低聲）不要啦。

George：（對蕭秉仁）Why not？（對侍者）少爺，這一瓶我現在覺
得怪怪的，麻煩你換一瓶。

侍　者：對不起，還是同樣年份的？

George：當然。

侍者微微鞠躬後帶著酒瓶和酒杯離開，消失於翼幕後。

George：今天interview怎樣？

蕭秉仁：他們說我overqualified。

George：你有沒有要少一點。

蕭秉仁：已經少很多了。我告訴他們我只要有一份工作，我就很滿足
了，不會計較薪水或是position。

George：錯了。這就是策略上的錯誤。老蕭，你姿態不能擺太低，太
低了他們就把你看得像一張草紙那麼薄。

侍者拿著新酒瓶和兩只酒杯上。

侍　者：對不起。

> 侍者將兩只酒杯放在桌上，然後開始倒酒，請George品
> 嘗。George喝一小口，故意表演給蕭秉仁看，做出一下滿
> 意、一下不甚滿意的表情。蕭秉仁見狀趕緊拿起前面的杯
> 子，一口喝完。

蕭秉仁：很好，很好。這瓶可以。

George：可以。

侍　者：請慢用。

> 侍者退回不遠處。

George：你剛剛有沒有看到新聞？今天早上有人搶便利商店。

蕭秉仁：嗯？

George：而且只搶空的鋁罐，你說他媽的夠荒謬了吧。而且你知道他
　　　　們用的武器是什麼嗎？

蕭秉仁：什麼？

George：鐵鎚！你說這世界是不是瘋了？

蕭秉仁：有沒有說是誰？

George：沒有，全都錄有開，但是沒有帶子。只知道是一老一少合夥
　　　　幹的。

蕭秉仁：嗯？

George：你看吧，景氣有多不好從這裡就show出來了，連鋁罐都他媽
　　　　有人要搶。

蕭秉仁：有人眞的需要鋁罐。

George：有人需要鋁罐，我需要一百萬。大家都有需要，重點是你用
什麼手段去搞到那個你所需要的。我很相信一句話，那就是
「No mercy，但是在合法的範圍之內。」不只是生意上，生
活上也是一樣，我們不能不講理，但是只要在合法的範圍之
內：No mercy。你不能有太多的feeling，你懂吧？你只能把
你有限的feeling分配給有限的人，比如說你的家人、你的朋
友、你的情婦。其他人呢，你必須冷靜地告訴你自己，其他
人都是閒雜人等。在這種亂世，你只能求自保，不然的話，
今天搶鋁罐的不是你就是我。Waiter，我們的主餐怎麼還沒
上？還在殺豬宰羊嗎？

侍　者：對不起，我去問問看。

　　　侍者下。

蕭秉仁：你不需要用那種口氣對他講話。

George：爲什麼不？

蕭秉仁：因爲——

George：沒有因爲。我沒有問你why，我只問你why not？爲什麼不可
以？我們是老同學了，所以我得老實地替你分析。你上次是
爲什麼被fire的？我現在問你爲什麼。

蕭秉仁：因爲——

George：因爲你爲了一個扶不起的阿斗背書，因爲你爲了一個閒雜人
等作保。作保的「保」你會寫吧？就是人呆。老蕭，你就是
人呆，做事只問爲什麼，我告訴你，我只問爲什麼不。

蕭秉仁伸手拿起他的公事包。

George：咱們言歸正傳，你需不需要一份工作，你說？

蕭秉仁：（慢慢打開公事包）我這裡有件東西。

George：什麼東西？

蕭秉仁：你等一下就知道了。

燈漸暗。

第十二場

廢棄的空屋。

小明正在毆打老丁，阿忠在一旁把風觀看。最後小明從懷
裡掏出手槍。

阿　忠：大仔！

小　明：居居。

小明把槍口抵著老丁的太陽穴。

小　明：你叫什麼名字？

老　丁：老……老丁……

小　明：（用槍托他後腦）錯！我剛才怎麼教你的？你叫什麼名字？

老　丁：龐德。詹姆斯‧龐德。

小　明：（扣扳機）再見，龐德先生。

這時，阿敏和小學生剛巧從另一側闖入，看到這個景象阿敏尖叫一聲，反而沒有小學生鎮靜。小明和阿忠也嚇了一跳，老丁趁這時候把小明和阿忠推開，一溜煙逃出翼幕。

阿敏把小學生推走。

阿　敏：快走！

小　明：（倒在地上）抓她！

小學生聽了就跑，跑出翼幕。阿敏也想跑，但因先顧慮到小學生而腳步慢了。

阿忠及時抓住阿敏。

小明從地上爬起來，拿著槍慢慢端詳著阿敏。

小　明：你一定要叫嗎？你剛才一定要叫嗎？

阿　敏：沒辦法，我的直覺反應。

小　明：你就不能看到有人要殺人，然後很冷靜地說說輸利馬鮮，躂朵？

阿　敏：對不起。

小　明：現在說太晚了。你害我事情沒做完，你怎麼賠償我？

阿　敏：我給你錢。

小明把阿敏逼到一個角落。

小　明：（對阿忠）替我拿著。

他把槍交給阿忠。

小　明：我不要錢。

阿　敏：你要幹嘛？

小　明：（對阿忠）你出去一下，替我看著。

阿　忠：不要啦！

小　明：出去！

阿　忠：不要節外生枝啦。

小　明：叫你出去你聽到沒？

阿　敏：不要出去！

小明回身打阿敏一個巴掌。

小　明：你閉嘴你！（對阿忠）你要不要出去？

阿忠不情願地走出光區。

小　明：你喜歡叫是不是？

小明突然打阿敏一巴掌。

阿　敏：哎喲！

小　明：你還叫！

再打一掌。

　　　阿敏這一次抑制住了，但還是低低地哀鳴一聲。

阿　明：要叫等一下讓你叫得痛快。褲子脫下來。

　　　阿敏不懂。

阿　明：把絲襪脫下來！

　　　阿敏猶豫。

阿　明：（做毆打狀）脫下來！

　　　阿敏只好照做，慢慢脫下絲襪。

阿　明：給我！

　　　阿敏照做，阿明將絲襪硬塞在她嘴巴。
　　　阿敏猛力掙扎才要尖叫，小明再打她，這一次把她打倒在
地。他才正要脫褲子拉鍊時，阿忠拿著槍走進光圈。

阿　忠：（用槍口對著小明）大仔，不要鬧了。
小　明：你要幹嘛？
阿　忠：不要鬧了。

　　　小明慢慢欺進阿忠，想搶走他手上的武器，阿忠適時後

退，沒讓他得逞。

小　明：你冷靜一下。

阿　忠：我很冷靜。

小　明：你真的會對我開槍？

阿　忠：必要的時候我會。

阿　敏：（躺在地上虛弱地）開槍。

阿　忠：你閉嘴，還不快走！

小明趁阿忠分心的時候企圖搶他手上的槍枝。兩人一陣纏鬥，最後阿忠居於上風，將對方壓跪於地，並將槍口抵著小明的太陽穴。

阿　忠：（對著仍躺在原地的阿敏）你還不走？

同時，阿敏把絲襪拿出嘴巴，並試圖爬起，但仍因暈眩而再度倒地。

小　明：你最好開槍，不然以後就是我開槍。

阿　忠：小姐，你聽得到我的話嗎？

阿　敏：嗯……

阿　忠：你好好記住。我叫陳信忠，他姓廖名小明，名字很好記，小
　　　　學課本都有寫。

阿　敏：嗯。

阿　忠：哪一天你要是在新聞上看到陳信忠被人殺，你要幫我去報

警，告訴他們是廖小明幹的。

阿　敏：我知道。

小　明：你的沙盤推演就只能到這一步啊？我可以把你幹掉，也把她
　　　　幹掉。

阿　忠：那就算你狠。

　　　　阿忠用腳將小明頂開。

阿　忠：你走吧。

　　　　小明狠狠地看了阿忠一眼，走出亮區，消失於舞台左後
　　　　方。
　　　　阿忠過去扶起阿敏。

阿　忠：小姐，我們動作要快。

　　　　清水拿著一瓶酒從翼幕上，一路搖晃過來，進入光區。

清　水：你們在我這做啥？

阿　敏：（哭出來）阿舅！

清　水：你是……

阿　敏：我阿敏啦，秀枝的女兒。

清　水：你怎麼跑來這？

　　　　清水也過來攙扶，阿忠放手，趁他們在交談的時候走開。

阿　敏：我阿母叫我來找你。

清　水：你是安怎？有人給你欺負嗎？

阿　敏：是啦。

清　水：是不是那個男的？

　　　　兩人這時發現阿忠已經不見人影了。

　　　　燈漸暗。

第十三場

　　　　林崇光家。

　　　　懸空走道再度出現。

　　　　舞台主要分為玄關區、客廳區、陽台區。

　　　　燈亮。

　　　　林王惠淑坐在走道的椅上。林崇光與第一場一樣，從左側暗處步上走道，邊走邊整理領帶。

　　　　這整場戲大部分的台詞為台語。

林崇光：大家都吃飽了，你再不下去跟人見面，就很不是款了。

　　　　林王惠淑沒有反應。

　　　　林崇光從右側步下走道。

　　　　樓下已有四五位林家親戚，坐在沙發上聊天。

親戚甲：那他們那些孩子呢？

親戚乙：都在外國讀書。

親戚丙：不是早就讀完了？

親戚乙：早就讀完了，兩個在美國做代誌，一個在澳洲不知道在做
　　　　啥。

親戚甲：都沒有回來喔？

親戚乙：沒一個要回來。也沒一個要把他們接過去。

親戚丁：不是，是阿嫂不願去。

親戚乙：我聽人講，阿淑得的是憂鬱症。

親戚丙：但是我聽到的是躁鬱症。

親戚甲：好像兩個都有喔。

　　　　林崇光從翼幕出現，走向客廳。

林崇光：大家吃飽沒？

眾　人：喔，這飽的；太飽了；太豐盛了。

親戚乙：阿兄，阿嫂呢？

林崇光：她隨來。

　　　　樓下開始討論林王惠淑時，後者幽幽地站起，走向右側，
　　　　走下階梯，消失於舞台。

親戚乙：阿嫂最近怎樣，有沒有好一點？

林崇光：有什麼好一點？她又沒問題。

親戚丙：聽說——

林崇光：她只是有時陣睏沒去，吃個愛睏藥就解決了。

親戚甲：睏不好不是問題啦，我也是天天吃安眠藥才能睏的。

林崇光：對啊，沒問題啦！我自己是在賣藥材的，她身體若是有什麼
　　　　　問題我會不知？你們坐。

　　　　林崇光從翼幕消失。

　　　　此時，阿敏及其母從翼幕進入玄關區。

親戚甲：（指著阿敏母）這個不是清水那個沒見笑查某的妹妹嗎？

親戚乙：是表妹，叫阿琴仔。好像是抱來的。

親戚甲：抱來的喔？

親戚丙：她來做啥？

親戚乙：講起來話頭長。清水他太太帶囝仔跟那個黑人跑去美國了
　　　　　後，清水整個人好像是起猶一樣。

親戚甲：不是好像是起猶，是真正起猶。他把所有他有的財產，尤其
　　　　　是那塊地的產權過戶給那沒見笑查某，之後才跟她辦離婚。

親戚丙：那有這款猶仔？

親戚乙：就是有。後來那個查某在美國破病死去，但是她死之前把那
　　　　　塊地過繼給她表妹。

親戚丙：怎麼會是表妹？

親戚甲：可能是那個沒見笑查某沒有兄弟姊妹。

親戚丁：也不能說她沒見笑，她有不得已的苦衷。那當時，清水他阿
　　　　　母破病，清水的薪水又不夠看醫生，她才——

　　　　阿敏及其母有點不知所措，兩人於前舞台區徘徊。阿敏走
　　　　路略微瘸著左腿。

阿　敏：有我在，你在怕他們什麼？

阿敏母：你腳是安怎？

阿　敏：沒啦，沒小心跌倒。

阿敏母：阿敏，今天這些人再怎麼講都是你長輩，你要較節制一點。

阿　敏：他們如果態度對你好一點，我會很節制，你放心。

阿敏母：我沒有在怕他們，我只是不想跟他們有啥交陪。我今天來的
　　　　目的就是蓋一個印仔，以後跟他們林家攏沒來去。

　　　　林崇光從另一個翼幕出現。

林崇光：你們來了。

阿敏母：二兄。

林崇光：好久沒來厝裡坐了。

阿敏母：來，阿敏，叫——叫，哇，她應該叫你啥，我凶凶地給它忘
　　　　記了。

林崇光：應該是……你表姊是清水的某……的……

阿敏母：對啦，應該叫二舅啦。來，叫二舅。

阿　敏：二舅。

阿敏母：阿兄，今天算是你們林家的團圓，我這個外人……

林崇光：不囉，怎麼會是外人？又再說，今天有代誌要參詳，還需要
　　　　你幫忙。

阿敏母：那件代誌我早就跟你說過沒問題，我的印仔你隨時拿去蓋就
　　　　是了。

林崇光：清水會來嗎？

阿敏母：我也不知道，我有叫阿敏去叫他，但是……

林崇光：沒要緊，如果他真的沒來，我再想辦法。坐啦，裡面坐。

阿敏母：不客氣，你沒閒隨你。

　　林崇光走開去招呼別的客人。

阿　　敏：我真的是要叫他二舅嗎？

阿敏母：應該是，但是我也不太確定。代誌有一點複雜。我們暫時不
　　　　　要去客廳，我們先來去陽台那看風景。

　　兩人走到陽台區。
　　清水出現在玄關區。

親戚甲：那個狷仔來了。

親戚乙：大家不要跟他講話。

　　幾個親戚同時假裝沒看到清水；清水走向他們。

清　　水：今天是什麼大代誌，大家都來了？是有人死了嗎？

親戚甲：夭壽！

親戚乙：阿彌陀佛！

清　　水：是我死了嗎？你給恁爸阿彌陀佛啥？

　　林崇光再度出現，走過來。

林崇光：清水仔，你來了。

清　水：二兄，秀枝叫我要帶印仔，但是我已經四十幾年沒用印仔了。

林崇光：沒要緊，我替你刻好一個了。

清　水：你手腳還真快喔。

林崇光：清水，今天親戚五十大部分都來，你較節制一點，不要給我漏氣。

清　水：我很節制。

林崇光：那你剛才在說什麼誰死了？

清　水：我們這一家族，平常時沒相借問，只有人死了才總動員。

　　　　清水講完後，不理林他二哥，又飄到親戚堆那。

　　　　這時，林崇亮帶著小明走進玄關區；林崇光迎了過去。

林崇亮：二兄。

林崇光：阿亮仔，怎麼這麼晚？我們都吃飽了才來。

林崇亮：歹勢，有代誌。（對著小明）不會叫二舅公嗎？

小　明：二舅公。

林崇光：這是……

林崇亮：阿明啦，我太太她姊仔的大兒子生的。

林崇光：阿亮，我問你。

　　　　林崇光將林崇亮拉到一邊。

林崇光：今天電視在報有人開車在半路被人槍殺，跟你有關係嗎？

林崇亮：二兄，你不要每次在新聞看到有人死了的消息，就想說跟我

有關係。我早就跟你講過了，我現在開公司了，做合法的生意。

林崇光：沒關係就好。我跟你講，我今天每一房都有叫來，但是第四房，四叔他那個大孫，就是不願意來。這你想要安怎？

林崇亮：二兄，你放心，交給我。

林崇光：我是想看你能不能去跟他講一下。

林崇亮：他是不是還住在延平街那？

林崇光：對啊。

林崇亮：這樣更加好辦，我叫那邊的人去跟他講，我免出面，代誌就OK了。

林崇光：但是，阿亮，只是給他警告嚇驚，不行──

林崇亮：我知啦，二兄。

林崇光：替我招呼人客。我得要準備一些資料。

　　林崇光下。
　　小明走向林崇亮。

小　明：董仔。

林崇亮：在這裡叫我舅公。

小　明：我可以先走嗎？

林崇亮：稍等，你跟阿忠的誤會要解決。

小　明：那塊也敢來喔？

林崇亮：我跟你講喔……

　　林崇亮於原地作繼續講話的姿態，但不出聲。

這時，從翼幕出現的導演走到客廳區，他是親戚甲的兒子。

導　　演：媽。

親戚甲：這是我後生，阿寬。

導　　演：阿姑、阿嬸。

親戚乙：經久不見，都這大漢啦？

親戚丙：在哪裡吃頭路？

親戚甲：他現在是──

導　　演：我是做舞台劇的。

親戚乙：舞台劇？那這樣你認識張菲囉？

導　　演：我不識。

親戚甲：不是啦，他做的是舞台劇，不是電視。

親戚乙：你跟那個張菲講一下，他那個頭毛也拜託去剃剃。

親戚丙：哎喲，人家就講他不是做電視的。

親戚乙：他那個頭毛能看嗎？

親戚丁：阿胡瓜你認識嗎？

導　　演：我也不識。

親戚丙：舞台劇就是有真人在舞台上演的那種啦，對不？

親戚甲：對啦。

親戚乙：為什麼不去做電視，電視不是比較好賺嗎？

親戚丙：人家那個舞台劇比較藝術。

導演看到飄到角落的清水，趁機走向他。

導　演：阿舅。

清　水：（猛然回頭）啥！你是誰？

導　演：（有點緊張，手隨便亂指）我是我媽媽的兒子。

清　水：你當然是你媽媽的兒子，不然你還是你媽媽的老爸？

導　演：不是啦，我是坐在那邊那個的⋯⋯

清　水：喔，你是阿月的⋯⋯

導　演：後生啦。

清　水：我記得了，阿寬對不對？

導　演：對。

清　水：你是在做好像新劇那款的──

導　演：舞台劇。阿舅，你怎麼知道？

清　水：我在報紙有看過你的新聞。

導　演：阿舅，你連藝文版也看喔？

清　水：我什麼版都看，連分類廣告也看。

導　演：你在找頭路啊？

清　水：我這款人不需要頭路。我每日除了撿罐仔以外，就是拿人家
　　　　不要的用過的報紙。拿到報紙我都不會先賣，我每一份都
　　　　看，從第一頁讀到最後一頁，若講國家大事，沒有人知道的
　　　　比我多。我最愛看的就是分類廣告，什麼死人骨頭都有。我
　　　　最記得有一次，我看到一個上面寫著：「親愛的司機先生，
　　　　請你開車慢點，因為我可能是你兒子。」實在是蓋好笑的。

導　演：好笑⋯⋯阿舅，我最近在寫一個行船人的故事──

清　水：若講行船的故事喔，我最多⋯⋯這ㄟ孫娘娘⋯⋯

林王惠淑走到客廳區，整個人好像變了個樣，與先前抑鬱

不語的神態有很大的差別。

她故意裝得沒事，因此表情聲調有點誇張，有點八點檔。

她走到沙發之前，先遇到親戚之一。

親　　戚：嬸婆。

林王惠淑：哎喲！阿觀仔！是你喔？怎麼越來越水越少年了！

親　　戚：哪有啦。

其他坐在沙發的親戚們已看到林王惠淑。

眾　　人：（紛紛）阿嫂！阿淑！嬸婆！

以下林王惠淑雖克制焦慮和眾人交談，但過多的手勢暴露
她的緊張。其他大略知道她的情形，也盡量表現得一副沒
事的模樣，反而使得整個場面更緊張。

林王惠淑：大家吃有飽沒？

眾　　人：這飽的。

林王惠淑：歹勢，剛才在灶腳沒閒，沒時間出來跟你們講話。

眾　　人：哪有要緊。

林王惠淑：大家經久沒見了喔。

眾　　人：是啊，太久了。

親戚丙：阿嫂，你坐。

林王惠淑：我免坐了，我若一沒閒就坐不住。

親戚甲：你是不是沒閒整天？

親戚丙：阿嫂當然嘛沒閒一天。

林王惠淑：我就早上去買菜，下午整理厝裡了後，就開始準備了。

親戚乙：阿淑，害你沒閒整天，我們這歹勢的。

親戚甲：你怎麼沒下來跟我們吃啦？

林王惠淑：你們也知道我的，一嗆到油煙就沒胃口了。

親戚丁：沒吃哪可以？

林王惠淑：沒要緊，你們來我一歡喜就不餓了。

　　　　眾人不安地輕笑。

林王惠淑：又再說，我都嘛當作是一款運動。人就是要動，不然喔，
　　　　像我們這種年紀是會得老人癡呆症的。

　　　　大家緊張地笑著。

眾　　人：對啦，對啦。

林王惠淑：我平常時若是厝裡沒代誌，我就出去走走，有時跟人去爬
　　　　山，有時在附近的公園跟人開講，朋友越交越多，從不認識
　　　　變得認識。那些較少年的都叫我林媽媽，叫得這親切的，有
　　　　什麼問題都會來問我。我就給她們教，教她們如何保養、如
　　　　何對待先生、如何教子，好像我是她們的媽媽一樣。

親戚丙：阿嫂，你是她們的張老師啦。

　　　　眾人笑。
　　　　尷尬的沉默。

親戚乙：阿淑，你最近有卡好睏沒？

　　　略頓。

林王惠淑：我哪有不好睏？我每日都嘛這好睏的。
眾　人：這樣最好。

　　　頓。
　　　林王惠淑露出些微的焦躁。

林王惠淑：你們坐，我去準備點心來。
眾　人：免了啦！吃太飽了！

　　　親戚甲示意要親戚丙跟去幫忙。

親戚丙：喔。阿嫂，我來給你幫忙。
林王惠淑：免了，我來就好。
親戚丙：哪有要緊？

　　　眾人吆喝要親戚丙跟去幫忙。

林王惠淑：你坐就好。
親戚丙：我來幫忙提盤子。

　　　在眾人吆喝聲中，兩人拉拉扯扯。

林王惠淑：（嚴屬地）我講免就免。你給我坐！（看眾人的表情，
　　　　警覺到自己失態，語氣轉溫柔）多謝啦。你是客人，你坐
　　　　就好。我隨來。

　　　林王惠淑走開，身體略微顫抖；眾人面面相覷。
　　　林王惠淑消失於翼幕後。
　　　阿敏母從陽台區走向客廳區，後面的阿敏過了幾秒才上
　　　場。
　　　林崇亮看到阿敏母，迎上前去。

林崇亮：你是……
阿敏母：阿亮仔，好久不見了，你不記得我了？
林崇亮：你是清水他——
阿敏母：對啦！我是秀枝啦。
林崇亮：對對對，秀枝，我凶凶地給忘記了。（叫一直站在左側的
　　　　小明）來，阿明，你過來。

　　　小明走過去。

林崇亮：來，阿明，叫——叫——阿搭，他要叫你什麼？
阿敏母：這是你後生？
林崇亮：不囉，他是我太太她姊姊的大子生的。所以他要叫你——哇
　　　　這難算了。我知道了，他要叫你姨婆才對。叫啊！

　　　小明完全沒聽到，因為他看到阿敏走來，阿敏也看到他。

兩人都不敢相信竟然會在此時此地看到對方。

林崇亮：叫啊！叫姨婆。

小　明：姨婆。

阿敏母：這是我女兒，阿敏。

林崇亮：這麼大了？哇，她若是你女兒，那這樣，哇，阿明啊，你得
　　　　叫她阿姨喔！叫啊！

小明一時說不出話。

林崇亮：叫啊！叫阿姨。

阿敏母：免啦，他還比我們阿敏卡多歲呢。

林崇亮：多歲有什麼關係，輩份最重要。叫啊，你是啞巴嗎？

小　明：阿——阿姨。

阿　敏：（問林崇亮）他叫我阿姨，那算是我甥仔囉？

林崇亮：對啊，算外甥啦。

阿　敏：外甥喔……外甥……

阿敏邊講邊走到小明前，狠狠地給他兩個巴掌。

不但林崇亮和阿敏母嚇了一跳，客廳區的親戚和清水也被

驚動了，紛紛走過來看個究竟。

阿敏母：阿敏！

林崇亮：你是安怎?!

　　一陣詢問聲中，阿敏和小明都保持沉默。

　　清水從後面撥開人群而出。

清　水：什麼代誌？有人相打是沒，哪沒找我？

林崇亮：阿敏無代無誌看到阿明就給他甩嘴皮。

清　水：阿敏？

　　阿敏還是不願意講，但幾秒後，清水意會到了。

清　水：就是他？

　　阿敏的沉默讓清水得到證實。清水衝過去打小明。

清　水：幹ng你娘的！我打死你這死囝仔！

　　清水沒打到，身體被阿敏媽抓住，前面還被林崇亮擋住。

林崇亮：清水仔！你是在幹什麼？到底是什麼代誌啦？

清　水：他——他——

阿　敏：阿舅！

林崇亮：阿明，你給我老實講！是什麼原因他們要打你？

　　小明不講話，只是站在那邊。

清　水：這塊——

阿　敏：阿舅！

清　水：阿敏，若是不講，要是這小子以後⋯⋯

　　　　阿敏被清水說服了，微微點頭，示意清水可以講。

清　水：這塊⋯⋯

　　　　這時，阿忠提著公事包及蛋糕上，看到這個場面；阿敏也
　　　　看到他了，搶在清水前面講話。

清　水：這個豬狗不如的小子，他差一點就強——

阿　敏：強迫清水阿舅拿錢給他。

清　水：嗯？

林崇亮：（指清水）他？

清　水：（對著阿敏）嗯？

阿　敏：對啊！

清　水：對？對啊！

林崇亮：阿明，我今天叫你去催債，你拿錢拿到你阿叔那去啦？

　　　　小明點頭。

林崇亮：（甩小明耳光）我塞你娘的！你不知道他是你阿叔？你拿多
　　　　少？

林崇光：是什麼代誌吵個不停？

林崇亮：二兄，淡薄的誤會，我處理就好。阿明⋯⋯欠清水仔錢啦。

林崇光：欠清水仔錢？

清　水：欠我錢？

阿　敏：對啊，阿舅。

清　水：對對對，欠我錢。

林崇亮：（問清水）多少？

清　水：（看著阿敏）多少……？

阿　敏：五千。

清　水：五千，嗯，只有五千？

阿　敏：一萬。

林崇亮：到底是五千還是一萬？

清　水：一萬，對啦。

林崇亮：（對小明）錢拿出來，現在還。

　　　　小明從懷裡掏錢。

林崇光：清水仔，你黑瓶子裝醬油看不出來，還有閒錢借人。

清　水：我錢多著呢！

　　　　清水接下鈔票。

清　水：沒就免勒。

　　　　清水走到一旁數錢。

林崇光：（對大夥）沒代誌，一點誤會。

　　眾人客套一番，各自回到原來的座位。

林崇亮：（對小明）不要在這邊給我失面子，給恁爸回去！

　　小明聽完後往左側走去，看到站在後面的阿忠。兩人各自
　　停步，冷冷地對看。

林崇亮：阿忠，找到沒？

　　小明下，阿忠走向林崇亮。

阿　忠：董仔，你的公事包在這。
林崇亮：有找到我的印仔沒？
阿　忠：有，在裡面。
林崇亮：留在這裡吃飯，稍後載我去一個所在。
阿　忠：董仔……
林崇亮：你要辭的事，等一下再講。
阿　忠：那這雞蛋糕怎麼辦？
林崇亮：先拿去灶腳那。

　　阿忠往後走去，消失於翼幕後；林崇亮走到沙發區，大部
　　分的親戚及清水都聚集在那。
　　之前，阿敏已與阿敏母分開，一人慢慢走著，最後出現在
　　走道上，坐下。
　　阿敏母叫住正要走離的清水；看到她，平常一副無所謂的

　　　　清水竟有點靦腆起來。

阿敏母：清水仔！

清　水：啊？秀⋯⋯秀枝。

阿敏母：我每次去找你都找沒，你是在避我嗎？

清　水：哪有？

阿敏母：你是住哪？到底有所在睏沒？

清　水：我一個人慣習了。我沒代誌啦，你免操煩。

阿敏母：清水，你是安怎不搬來跟我們住？

清　水：我⋯⋯我沒面見你。我對不起你表姊，我不應該讓阿雲走
　　　　　的。

阿敏母：過去的代誌——

　　　　清水沒等她講完便走向客廳區。

清　水：大家聽我講。等一下一起去喝酒。我請客！

　　　　大夥跟著起鬨。

林崇光：你錢還是留下吧。

親戚乙：還是存起來較好。

親戚甲：對啦，免請啦，寄在銀行慢慢用。

清　水：免，（指著自己的嘴巴）我這裡就是銀行口。

林崇光：要請，今天當然是我請。今天請每一房的人來的意思就是
　　　　　說，這幾年大家都沒閒，很少見面，每次拜拜、或是掃墓，

都沒有一次到齊的。時代怎麼變，倫理不能沒，不能說現在的家庭變得「善緣已盡、孽債未了」吧，對不？

樓下區域燈轉暗，但林崇光繼續做講話的姿態，但不出聲，其他人佇立原地如雕像。
燈全暗時，林崇光也停止動作。
樓上區域燈轉明。
阿忠出現於走道右側。阿敏看他走，站起來。
沉默。

阿　敏：我要謝謝你。
阿　忠：我也要謝謝你。
阿　敏：謝我幹嘛？
阿　忠：你剛才沒講出來，是不是為了保護我？
阿　敏：像他這種人如果不給他留後路，他是會記恨一輩子的。
阿　忠：大概吧。
阿　敏：你不必再怕他了。
阿　忠：我是很怕他。
阿　敏：我有辦法叫他不敢對你怎樣。
阿　忠：什麼辦法？
阿　敏：我是他阿姨。
阿　忠：嗯？
阿　敏：你救了我，我應該表示一下。
阿　忠：不需要。

阿敏的手機響起。

阿　敏：（接電話）喂？小維啊？……什麼？在哪裡？好，我馬上過
　　　　去。（收電話）你知道中山分局在哪裡嗎？

阿　忠：我很熟。為什麼？

阿　敏：我的朋友的老公被抓到那裡去了。

阿　忠：怎麼啦？

阿　敏：我也不很清楚，好像跟鐵鎚有關。

阿　忠：我帶你過去。

阿　敏：你剛才說中山分局你很熟？

阿　忠：是啊。

阿　敏：你不會是所有的警察局都很熟吧？

阿　忠：我家就在中山分局附近。

阿　敏：那就好。

兩人走下後梯。緊接著，先前早已離場的清水與導演從翼
幕走到陽台區。

導　演：……那個船在海面上駛的時候，站在甲板上，風對著臉吹過
　　　　來，看著白白的海浪，那種感覺是不是真讚？只有那時候，
　　　　你什麼都忘記，但是感覺你活著，你知道我的意思嗎？那當
　　　　時，你才真正曉得什麼叫做人生海海……什麼叫做自由自在
　　　　——

清　水：你是在講什麼憨話？你又沒有行過船，你又知道什麼碗糕？
　　　　我跟你講，我們那種行船的生活沒什麼希罕的。我們坐的是

商船，載貨的，你知否？若有輪班，我們就去上頭做誓，若是休睏，我們就在船艙裡面賭博、喝酒。我們只有在喝酒醉，靠在船邊吐得沒爸沒母的時陣，才會注意到你講白白的海浪。

導　演：但是你們至少看到世界足多所在的。

清　水：看到鬼啦。我們船一靠岸只有兩件事要做。第一就走私；第二就是去酒家去找查某。我最爽的一次就是在Porto Rico，Porto Rico你知沒？船一靠岸就有一個我相好的雞仔站在岸邊等我。我就叫她上船……那個禮拜……我跟她「呼到咪咪冒冒」，我一步路都沒有下過船……

清水已進入回憶，導演不解地看著他。
樓上區域燈慢慢轉暗，至全暗。
清水與導演都靜止不動，看著下面的人們。
樓下區域燈轉明，至全亮。

林崇光：當然，今天請大家來還有一樁代誌。自從大兄過身了後，很多代誌都沒人作主。譬如說，我們在林口的那些古厝，現在很少有人在住，賣也賣不了多少錢。但是最近有一個財團有意思在那邊開發別莊。我的意思是，我們不要一家一房跟他們談，我們派一個代表，大家印章蓋下去，授權給那個代表，為大家爭取最大的利益。若是，大家沒有意見，我這邊合約都準備好了……

燈漸暗。

尾聲

　　前場平台的擺置不變，但傢俱已全撤走。
　　懸空走道仍在。
　　燈漸亮。
　　林王惠淑一人坐在走道的椅上，神情落寞。
　　不久，清水從翼幕出現，喃喃自語，不知所云，手裡拿著
　　一瓶酒，有點因酒醉而步履略微踉蹌，但他盡量保持尊
　　嚴。

清　水：（喃喃）……恁爸每天都還在行船……

　　以下清水從一個平台走到另一個，到劇終時仍未出場。
　　接著導演與飾演阿雲的女演員從翼幕出現，走上另一個平
　　台上。

導　演：這齣戲我不知道怎麼做下去。
女演員：為什麼？
導　演：或許清水叔的一生很精采，可是我發現他本人很沒趣，只是
　　　　一個醉鬼。
女演員：搞不好他不想讓你了解。
導　演：那他也未免掩飾得太好了。
女演員：你這樣講我反而很想認識他。
導　演：保證你會失望的，像我一樣。我劇本裡面不是很多地方提到
　　　　航海的浪漫情懷嗎？

女演員：怎樣？

導　演：我看還是全部刪掉算了。

女演員：全部刪掉？刪掉了你劇本還剩下幾頁？

導　演：不到三頁。

頓。

導　演：你眞的演完就散人了？

女演員：是時候了。

接著阿敏、阿忠、小維、蕭秉仁從另一翼幕分別走出。蕭
秉仁還拿著公事包，小維手上則拎著兩個紙袋。
布幕上出現一輛靜止轎車的影像。

蕭秉仁：對不起，打斷了你的shopping。

小　維：現在管什麼shopping。有什麼委屈你還有我可談吧，不是
　　　　嗎？

蕭秉仁：是。

小　維：我知道你失業很難受，可是你還有我啊！

蕭秉仁：你能不能先坐計程車回去？

小　維：那你呢？

蕭秉仁：我想自己開車……

小　維：去哪裡？

蕭秉仁：不知道。

小　維：那我怎麼會放心呢？

蕭秉仁：你先回去。我保證不會出事。讓我一個人……

　　　蕭秉仁往舞台的另一邊走去，小維看著他走遠。
　　　蕭秉仁走出場時，布幕上的街道出現他的身影。
　　　影像裡，蕭秉仁走向轎車，打開門坐進去。不久，車子啟
　　動，開出窄巷，消失於暗夜裡。
　　　小維呆立於原地。
　　　之前，阿敏和阿忠已出現在另一個平台。

阿　敏：今天夠刺激了。
阿　忠：夠刺激了。

　　　頓。

阿　敏：你相不相信，所有的命運都是意外造成的？
阿　忠：照你這樣講，那所有的意外都是命運的安排？
阿　敏：我也不知道。

　　　頓。

阿　敏：你叫陳信忠，對不對？
阿　忠：叫我阿忠就好了。
阿　敏：我叫劉玟敏，叫我阿敏就好了。

　　　略微尷尬的沉默。

阿　敏：阿忠，你喜不喜歡鼎泰豐？

阿　忠：嗯？

阿　敏：不是，我是說凱悅的buffet。

阿　忠：兩個我都聽過，但是沒去過。

阿　敏：那魯肉飯總吃過吧？

阿　忠：（輕笑）常常吃。

阿　敏：你的笑聲很好聽。

　　燈光轉換，清水的區位再度亮起。

　　清水獨語，好似在跟一個隱形的聽眾說話。

清　水：大家都想說海鳥很美……其實我跟你講……海鳥最骯髒，骯髒到白的變成灰的，灰的變成咖啡色的……沒行過船的才會講什麼海浪白肅肅，海浪有這多款色彩的，你就不知，有白波的，有青藍色的，也有紫色的……若是較深的，更加深的海底，你就什麼色都沒了……一片黑索索……我跟你講，一片黑索索……

　　就在此時，舞台上的演員全部不動，有如雕像。

　　舞台的燈光逐漸轉暗，只有林王惠淑的身上光線較強。

　　林王惠淑先是僵硬地坐著，然後焦躁地搓揉著雙手及衣角。

　　最後，連她也靜止不動了。

　　場燈暗。

　　布幕上出現她的臉部特寫：只見她流下一滴眼淚。

眼淚滴下臉頰的特寫。

一滴眼淚墜落的特寫。

眼淚落地。

「逗」的一聲。

燈驟暗。

全劇終

文 學 叢 書 071

INK PUBLISHING

好久不見——家庭三部曲

作　　者	紀蔚然
總 編 輯	初安民
責任編輯	高慧瑩
美術編輯	許秋山
校　　對	吳美滿　紀蔚然　高慧瑩

發 行 人	張書銘
出　　版	**INK**印刻出版有限公司
	台北縣中和市中正路800號13樓之3
	電話：02-22281626
	傳真：02-22281598
	e-mail:ink.book@msa.hinet.net
法律顧問	漢全國際法律事務所
	林春金律師

總 經 銷	成陽出版股份有限公司
	訂購電話：03-3589000
	訂購傳真：03-3581688
	http://www.sudu.cc
郵政劃撥	19000691 成陽出版股份有限公司
印　　刷	海王印刷事業股份有限公司

出版日期　2004年11月 初版
ISBN 986-7420-34-9

定價　280元

Copyright © 2004 by Wei-jan Chi
Published by **INK** Publishing Co., Ltd.
All Rights Reserved
Printed in Taiwan

國家圖書館出版品預行編目資料

好久不見：家庭三部曲／紀蔚然 著.--
　　初版，-- 臺北縣中和市：INK印刻，
　　2004〔民93〕面； 公分（文學叢書；71）

　　　ISBN 986-7420-34-9（平裝）

　854.6　　　　　　　　　　93019575